緑豆空
MIDORIMAMESORA
Ill. 赤嶺直樹
JN043390
銃弾魔王子の異世界攻略2
—魔王軍なのに現代兵器を召喚して
圧倒的に戦ってもいいですか—

# CONTENTS

き合い!?
お風呂TIME!!

美しい妖艶な死の演武——。
硝煙の危険な香りを纏
敵に血の華を咲か

「これ！ シャーミリア！ 妾《わらわ》が呼んだのじゃ。勝手に出ていってはならぬぞ！
アルもおかしなことを言うな、風呂場で裸になるのはあたりまえじゃろが！」
ルゼミア王はシャーミリアに出ていかないように言った。
「あ、はい、シ…シャーミリアいいよ別に…俺は気にしないから」

その瞬間、シャーミリアとマキーナとマリアが動いた。
マリアは華麗な動きで二十人の兵士に飛び込んでいく。
P320とベレッタ92が火を噴き、
騎士は眉間やこめかみに穴をあけて倒れていく。
わせ、
さる……。

俺が振り返ると、なぜかシャーミリアも裸になっていた。

「え！　え！　シャーミリアも裸になってるの？　…お前も入るのか？」

「あっはい！　ご無礼を。失礼いたしました！　すぐに出ます!!」

シャーミリアが真っ白な顔を真っ赤にして、浴室を出ていこうとする。

主君と臣下で裸の
魔人の国て

ダッシュエックス文庫

# 銃弾魔王子の異世界攻略2

—魔王軍なのに現代兵器を召喚して圧倒的に戦ってもいいですか—

緑豆空

# プロローグ

魔人国は一面の銀世界だった。

魔人国に到着し二週間ほど、雪が毎日のように降り続いている。氷点下で雪が溶けずに、次々と降り積もっていくのだった。この二週間で変わったことがあるといえば、グラドラムからの船旅の中で生まれた妹に、ルゼミア王が名前を授けてくれたことだ。

——アウロラ。

それが俺の妹の名前だ。ルゼミア王に名づけの意味を尋ねれば『心も体もオーロラのように神秘的で美しい人であれ』という意味だと教えてくれた。

「アウロラ」

俺はそっと呟いてみる…いい名前だ。今は俺の目の前でイオナの乳を吸っている。髪はまだ薄っすらとしか生えていないが、イオナと同じ美しい金髪だった。濃い青い目もしっかり受け継いでおり、きっとイオナ似の美人になるのだろう。

「ラウル、この子は本当に力強いわ。乳を吸う力も凄《すご》いみたい」

「やはりグラム父さんの子は凄いな」

「もし私が死んでいたら、この子には会えなかったのね」

「本当によかった」

敵の追撃の最中、お腹の中にしっかりしがみついていたこの子は本当に強いと思える。

「イオナ様がお乳をあげているお姿を見ることができるなんて…嬉しいです」

マリアがイオナの身の回りの世話をしながら語りかける。

「マリアが心の支えになってくれたからよ」

暖炉《だんろ》には火がくべてあり、パチパチと音をたてながら皆を暖めていた。

「母さん、魔人の国は寒いね」

「ええ、最北の国だもの」

「どうして魔族は、こんな厳しいところに住んでいるのかな？」

「あら、ラウルはモーリス先生から教わってないのね」

「何をです？」

「人間と魔人が相まみえないのは、二千年前の人間と魔人の戦いに原因があるのだけど、人魔の戦いでは魔人が破れたの。人間は数が圧倒的に多くてね、魔人がどんなに強くても人間がはるかに有利だったらしいわ。さらに人間には魔人をしのぐ剣士も出てきて、攻撃魔法も研究され尽くされてきた。魔人は魔法が使えず圧倒されていったのね」

「グラドラムで戦った騎士にも、確かにバケモノがいたしね」

シャーミリアが、ハイグールに作り変えて俺の配下にしたヤツもその一人だ。

「じり貧になった魔人は、人間に和平交渉を申し出てきたのよ。でも人間はそれを受け入れなかった。人間至上主義者が…特に教会の人間がね」

「人間至上主義者?」

「人間の魂の存在が上だと。神を信仰する人間たちが、魔人などと同列ではないという考えね」

「差別か…」

どこの世界にも差別ってあるんだ。ユークリット王国では魔人なんて見なかったもんな。サナリア領には獣人がいたけど、それはグラム父さんが博愛主義者だったからだし、イオナが有力貴族の娘だからこそ許されていたようなものだった。

「破れた魔人は迫害され住む地を追われて、北へ北へと逃げたの。そして安住の地として選んだのがこの国というわけね。私も人魔大戦のことはそのくらいしか分からないけど」

「ルゼミア王は、よく人間の俺たちを受け入れてくれたね」

「それは、あなたの本当のお父様であるガルドジンのおかげだわ」

「人間の国に住んでる時に魔人の話は、ほとんど聞くことがなかった気がするよ」

「魔人は人間より純粋だわ。オーガの三人もそうだし、ルゼミア王なんて子供のように純粋ね」

「本当に。まっすぐに生きている感じがする」

俺たちの魔人に対するイメージは、過去の歴史とは全く違っていた。触れ合ってはじめて分かったことが多いが、彼らは純粋で気遣いもできるし深い優しさを持っていた。むしろ俺はそこに、魔人が人間に負けてしまった理由を感じる。人間はしたたかで、勝つためにはいろんな策を講じてくるだろう。勝つためには手段を選ばないのが人間だ。

「人間は逃げた魔人ですら受け入れずに、ひっそりと暮らしているのを見つけては討伐《とうばつ》してきたわ。魔人側としては何もしていないのに狩られてしまうわけね」

まあ魔人は人間にしてみれば化け物だしな、生理的に受け付けない人も大勢いるだろう。だからといって無条件に殺されていいわけではないが。

「今回の戦争は人間が人間を虐殺《ぎゃくさつ》しているけど、どうしてそんなことになったんだろう？」

「それは、分からないわ」

前世の大戦でも確かに虐殺はあり、惨《むご》たらしいものだった。この戦争も同様に常軌を逸している。そもそも王や貴族、民や兵士がいなくなったらその領土は誰が管理するんだ？

「まあ、アウロラの前で話すことじゃないね」

「そうね」

いつのまにか、アウロラは寝てしまっていた。その時、コンコン！　とドアがノックされる。

「はい、どうぞ」

俺が声をかけると、入ってきたのはシャーミリアだった。

「どうした？」

「ご主人様、お風呂のご用意ができました」

「ああ、それなら俺は最後でいいよ」

「いえ、ガルドジン様は水入らずで入ろうとおっしゃっております」

「ガルドジン父さんが？　分かったすぐ行く」

俺はそのまま部屋を出て、シャーミリアについて浴場に行く。

「ガルドジン父さんは、もう風呂に入っているのかな？」

「はい、もう入っていらっしゃいます」

俺が服を脱いで浴室に入っていくと、湯気でよく見えないが既に誰かが入っていた。

「おお、アルガルドか？　こっちへおいで」

「はい、父さん」

浴場にいたのはガルドジンだった。あと、もう一人。なんとルゼミア王がいた。

「あ、あの。シャーミリア？　陛下も入っているんですけど!!」

俺が振り返ると、なぜかシャーミリアも裸になっていた。

「え！　え！　シャーミリアも裸になってるの？　…お前も入るのか？」

「あっはい！　ご無礼を。失礼いたしました！　すぐに出ます!!」

シャーミリアが真っ白な顔を真っ赤にして、浴室を出ていこうとする。

「これ！　シャーミリア！　妾《わらわ》が呼んだのじゃ。勝手に出ていってはならぬぞ！　アルもおかしなことを言うな、風呂場で裸になるのはあたりまえじゃろが！」

ルゼミア王はシャーミリアに出ていかないように言った。

「あ、はい、シ…シャーミリアいいよ別に…俺は気にしないから」

「ありがたき幸せ。ご一緒させていただきますことをお許しください」

「シャーミリアはアルガルドを好いておるのじゃ、一緒に入ってやってもよかろう？」

「…陛下、俺はかまいませんが…」

四人で湯船に入る。単刀直入《たんとうちょくにゅう》といえば単刀直入だ。純粋だからこそなのかもしれない。

「アルガルド、そう照れるな。はじめてではないだろう？」

ガルドジンが見えない目で、俺が照れているのを察したらしい。

「父さん…イオナ母さんや、マリアとは一緒に風呂に入ってましたが…慣れません」

「きっと、今のお前には素晴らしいものが見えているのだろうな」

「はい。…それは、それはもう…」

「ははははは。そうかそうか」

なんだ…父よ、俺は『まだ』なんだぞ！　九歳なんだぞ！　分かってんのか？

「父さん、お体の具合はいかがですか？」

「うむ」

ガルドジンは口をつぐむ。するとルゼミア王が代わりに話した。

「正直なところ目はもう復活せぬやもしれぬ。そして体の方じゃが、復活まではかなりの時間を要するじゃろう。まあ妾に任せておけば大丈夫じゃ」

「体は治すことができるんですね！」

「そうじゃな。四六時中、一緒にいることになるがの」

そうか、手を抜けばあまりよくない状態になるということなのだろう。

酷《ひど》い毒を飲まされたものだ！　クソムカつく！

「俺とお前はこうして再会を果たした。お前の本当の母さんも、あの世で喜んでいるだろう」

「一目お会いしたかったです」

「そうだな…お前を産んですぐに死んでしまったのだ」

「俺を産んで？」

「気にしなくていい、人間が魔人の子を産むのは危険だった。むしろ俺の責任だよ」

「ガルの言う通りじゃ、むしろ母はお前を産めて幸せだったはずじゃ」

「そうですか？」

「好きな男の子供を産む。それ以上の幸せがあるか。イオナを見よ。幸せな顔をしておるわ」

確かにそうだ…グラムはもう死んでしまった。しかしイオナはその子供を産んだことに幸せを感じているようだった。俺も今なら分かる気がする。こういうタイミングだからこそ…本当の母のことを打ち明けてくれたのか。この二人は、なんという心遣いをする方々なんだろう。

「はい…お心遣い痛み入ります」

「そこで相談なんだがな、俺はお前の足手まといになろうとは思わない」

「ガルドジン父さんを、足手まといなどとは思っておりませんよ」

「いや、俺の配下たちから見ても、はっきり言って俺は足手まといだ」

「彼らはそのように思っているのでしょうか？」

「いや、俺自身が足を引っ張りたくはないのだ。お前も男なら気持ちは分かるだろう？」

「…はい」

気持ちは分かるが…足手まといなどとは思わなかった。

「俺はな、ルゼミアと一緒になる」

「…それは結婚ということですか？」

「そうだアルガルド、祝福してくれるか？」

「ええ、もちろんです！　おめでとうございます」

「そうか祝福してくれるのか！　ならば俺のもう一つの願いを聞き入れてくれるか？」

「もう一つの願い？」

「俺の配下をお前に預ける、死して別れが来るまで、お前の配下として使ってやってくれ」

「俺の配下としてですか？」

「ああ、ギレザムから聞いたんだ。お前は元始《げんし》の魔人なのだと」

「確かにギレザムに言われたことがあります」

「ご主人様、私も直に拝見させていただきました。そのように思います」

シャーミリアも俺を元始の魔人だという。

「アルよ、そうなれば本来ならお前がこの国の王なのじゃぞ」

「俺にはそんな大役、務まるわけがありません」

「まあ今は子供じゃからの。しかしお前はその器《うつわ》じゃということだ」

「器ですか？」

「そうじゃ。これはな、運命なのじゃよ。お前は運命から逃げることはできないのじゃ」

「運命…」

運命とか言われても、いまいちピンとこねーわ。とりあえずどうしたらいいのよ、俺。

「あとはガルが妾の元に残ってくれたのでな、もう国はいらぬわ。飽《あ》きたし」

「飽きたって…」

「まあ今すぐとは言わん。いずれ、くらいに考えておれ。お前が元始の魔人だとするならば、寿命《じゅみょう》は我々より長いかもしれん」

「えっ！　俺の寿命ってそんなに長いんですか？　と、とにかく話は分かりました」

いきなりな話だった。そしてシャーミリアが俺の腕を抱き取って、湯船からあげる。

「ご主人様、それではお体をお流しいたします」

「自分で洗うよ」

「アル！　お前は主ぞ！　務めを果たせ！」

え？　体を洗われるのが務めなの？　洗い場に行くと、なんとマキーナもスタンバイしていた。

「それではお力を抜いてお座りしてください。全て私たちがやりますゆえ」

シャーミリアとマキーナが俺に近寄ってきた…えっと。洗うだけだよね？　ね？

湯けむりが俺たち三人を包みこみ見えなくなった。美しい女ヴァンパイア二人に、体をすみずみまで洗われた俺は、その夜ぐっすりと眠るのだった。

　魔王城の廊下《ろうか》を歩く俺の後ろには、シャーミリアが作ったハイグールがついてきていた。俺はこのハイグールに『ファントム』という名前をつける。我ながら厨二《ちゆうに》っぽいと思いながらも気に入っていた。さらにファントムには専用のコートを作ってもらったが、だいぶ厳《いか》つい。俺は朝からファントムを連れ、戦闘訓練をしているギレザムを探していたのだが、魔王城は広くてどこに何があるか分からない。時折魔人とすれ違い深く頭を下げられる。そして…迷った。

「修練場はどこでしょうか？」

　俺は近くにいる魔人に尋ねる。魔人は蛇の体に人間の女性の上半身をしていた。

「あら、王子。それではご案内いたします」

「すみません」

　俺は蛇女についていくと、彫像があった。ほとんど人型だが芸術性を感じない。

「こちらです」

　蛇女が石の扉を開けてくれた。中は広くて競技場くらいの広さがあった。その部屋の中央で、ガルドジンの配下たちが模擬戦をしている。俺は修練場の端っこに座って見ることにした。

シュ！　ガキッ！　ズン！

手合わせをしていたのは、巨大な斧《おの》を持つ牛の頭をしたミノスと、ハーフライカンのゴーグだった。ミノスはファントムより大きく、背丈が三メートル以上ある。

「ふっ！」

ゴーグが飛びあがり、頭の上からかぎ爪を振り下ろすと、ミノスはそれをこともなく腕で振り払い、ゴーグがその太い腕に乗って飛んだ。ゴーグは床に着地して超低空で足を刈りにいく。

ダン！

ミノスは斧の柄の部分を、地面につき刺してゴーグを止めた。そのまま柄の部分が下からはね上がりゴーグを薙《な》ぎ払う。目にも留まらない速さでつきあがってくる柄の部分に両手をつき、逆立ちの姿勢で空中を舞った。空中のゴーグは上にも横にも動けずそこに斧が突きあげられる。

「くっ」

ゴーグが空中で猫のようにひらりと身をかわし、斧の追撃を避けたが、そのままミノスは上から下へと斧の柄をゴーグに叩きつけた。

ズン！

ゴーグは石床をバウンドして立ち上がった。

「痛ってえ！」

「あいかわらずオーガは頑丈にできてるな」

「痛いものは痛い!!」

「しかし痛いのはこちらも同じだ」

「ごめん、血が出てるね」

「かすり傷だ」

ゴーグがミノスの腕で吹き飛ばされる瞬間、かぎ爪を立てて飛ばされるのを防いだ時についた傷だった。そしてどうやら模擬戦は終わったようだ。

「ラウル様！」

ギレザムが俺を呼んでくれたので、俺は皆のもとに歩いていく。

「練習中すまない」

「何をおっしゃいますか。ミノスもゴーグもラウル様が来たのに気が付いて、途中から本気の殺し合いになりかけてました」

そうか…俺を意識して本気の殺し合いを見せてくれたんだ。礼儀《れいぎ》は尽くさないといけないな。

「ミノスもゴーグもありがとう。すごいものを見せてもらったよ」

「「ありがとうございます」」

二人が頭を下げた。俺も頭を下げてから皆に話を始める。

「あの…みんなも父さんに聞いているかと思うけど」

「はい、我ら九名全員がラウル様の配下となりました」

「それで良かったのか？」

「良いも何も、ガルドジン様が決められたことです」

「自分たちの気持ちとしてはどうなんだ？」

「自分たちの気持ち？」

「ああ、自分の意志で俺の下についたわけではないのだろう？」

「いえ、ガルドジン様の意志は我々の意志でもあります」

そういうものなのか？　魔人の感覚は俺には分からんが、そういうことならそれで納得するしかないだろうな。そもそも人間の感覚や考えが通用するとは思っていないし。

「じゃあ、お願いがあるんだけど」

「なんなりと」

「みんなで俺にも稽古《けいこ》をつけてくれないか？　もっと強くなりたいんだ」

「稽古ですか？」

「まだ子供だし俺は弱い。これまでの戦いは兵器のおかげでどうにかなったが、いざというとき…例えばバケモノ騎士と出会ったら、体技が何もできないのでは使い物にならない」

ギレザムが、俺の後ろに立っているファントムを見上げる。ファントムは何も見ていないようにまっすぐ前を見て、ピクリとも動かずにいた。この大男の生前の武技に、誰も歯が立たなかった。ギレザムも納得したように言う。

「分かりました。では体力づくりからやっていかねばなりませんね」

「分かった。存分に俺をしごいてくれ」

「かしこまりました。ただ…この地はとても厳しい土地です。元始の魔人が覚醒《かくせい》されたお姿になれば問題はありませんが、半分人間のラウル様にはおそらく過酷《かこく》だと思われます」

「そのぐらい乗り越えられないと、すべてを取り戻すなんて夢のまた夢だろ？」

「おっしゃる通りです。それでは基本からやってまいりましょう」

「よろしく頼むよ！　みんな！」

「「「「「「はい！」」」」」」

みんなすっごく張り切ってる！　よーっし！　頑張るぞぉぉぉぉ!!


訓練一日目。

ビユウォォォォォォォ――――

「痛い痛い痛い痛い！」

「ラウル様！　まだ序の口ですぞ！」

イノシシ頭オークのラーズが俺を叱責《しっせき》する。強風で巻き上げられた雹《ひょう》の礫《つぶて》が、容赦《ようしゃ》なく俺を叩きつけ、それが痛すぎて速攻で弱音をはいた。それでも雪中行軍は続く。俺が鍛えてくれとお願いしたので、我慢しなければならないのだが厳しすぎる。ゴーグルをつけているから前はかろうじて見えているが、これでラーズの目は…大丈夫なのか？

「この行軍はなんかの役に立つのか？」

「何をおっしゃいますか、単なる体力づくりですよ」

「えっ単なる!?　あとどのくらい歩くの？」

「どのくらいもなにも、まだ始まったばかりではありませんか？」

ラーズは優しいが厳しさも持った鬼軍曹って感じだ。ものすごい吹雪《ふぶき》の中をブルドーザーのように前に進んでいく。でも…こんな寒さの雪中行軍では遭難《そうなん》とかしちゃうんじゃないの？

「痛い痛い痛い痛い！」

「風が吹いた時には仕方がないのです。耐えてください」

「分かったよ…とにかく歩くよ…」

「頑張りましょう。あなた様ならできます！」

よし…体力はまだ大丈夫だ、寒さもルゼミア王にもらったコートで耐えられる！　行くぞ！

「痛い痛い痛い痛い!!」

「少しは我慢してください！」

「顔が！　顔が痛いんだよ！」

「気です。気合いで防いでください！」

分かった…気か…気だな。きっと耐えられる！　大丈夫だ！　俺は大丈夫だ！

「い、いた…」

気なんか使えない！　いや！　耐えろ！　きっとみんなこれを耐えてきたんだ！　やれる！

「あの…あとどれくらい進むの？」

「最短の行軍ですので一昼夜です。明日の昼までには城に戻りましょう」

一昼夜!!　うそだろ…生きてられるのか？　氷点下何度なんだよ？

「今は夜だろ？」

「いえ！　まだ午後です！」

「午後！　なんでもう暗いの？　あと丸一日あるの？」

「大丈夫、ラウル様ならきっと走破できます！」

明日生きて帰れたら、しばらく休もう。いや…とにかく今はそれを考えるのを止めよう…眠くなる。眠ったら終わりだ。ラーズの背中を見失わないようにしっかりと歩いていこう。あれ？　言ってるそばからラーズがいなくなったぞ。

「おい、ラーズ！」

「こっちです」

「声は聞こえるんだけど方角が分からない！」

ぬうっ！　とラーズの顔が吹雪の中から出てきた。びっくりした！

「気配で感じられませんか？」

「悪いがラーズ、俺は気配とか感じられないんだよ」

「ううむ、そうですか」

「じゃあ、これを持っていてくれないか？」

俺は軍用のストロボマーカーライトＭＳ－２０００を召喚した。このライトはチカチカと明るい光を発するため、ラーズを見失うことはあるまい。俺は発行するライトを目標に歩き続けた。三時間ほど歩いたころに、ラーズが声をかけてくる。

「あの！　大丈夫ですか？」

「さ…寒い…寒い…」

「仕方ありません！　引き返しましょう！」

「…いや、ガチガチ…まだ、やる…ガチガチ」

普通に喋《しゃべ》りたいのだが、歯が鳴って仕方がない。

「しかし！」

「いいから…」

「は、はい」

心配そうなラーズに意思表示しながらも、俺はガタガタと震えていた。いったい氷点下何度なんだ？　息が一瞬で凍る。だけどこんなんでやめたら、配下たちに笑われてしまう。

「それでは、この浅い洞窟《どうくつ》でしばし休憩をとりましょう」

「分かった！　じゃあ火をつけよう！」

「火ですか？」

「…寒くて…」

「分かりました。ですが薪《たきぎ》が、燃やすものがありません」

「えっ？」

豪雪のため薪を拾うことができない。そうか…でもこれは修行なんだ！　いちいち武器を召喚してたら修行にならない。ここはひとつ我慢してなんとか乗り切ろう。それでなくてもさっき

ストロボライト召喚しちゃったし、ここは…がまん…　ん？　なんか、天使が降りてきたぞ⁇

「…なんだか僕つかれちゃったんだ…ラーズ…お前もかい？」

「いえ、私はまだ疲れてなどおりませんが」

「…天は…我々を見放した…」

「何を？　ん⁉　どうしました⁉　ラウル様！　ラウル様ぁ‼」

「……」


目覚めてみれば、俺はデカい湯船で温かいお湯につけられあたためられていた。

「て…天使⁉　いや…マリア？　俺はどうしてここに？」

凄《すご》く近い距離にマリアの顔があった。俺を心配そうな顔で覗《のぞ》き込んでいるようだ。

「ラーズと一緒に出ていったのですが、半日したらラーズに抱かれて気を失って戻ってきました。すぐにルゼミア王が手足の凍傷を回復させてくださいましたが、体が冷え切り顔も真っ青でした。すぐにルゼミア様に風呂に入れるよう言われまして、それでこの状態です」

「そうなのか…俺は死んで天使に会ったのかと思ったよ」

「まあ、天使だなんて…」

マリアが顔を赤らめている。頭がボーッとするが、一体どんな状況になっているんだ？

俺はボーっとしながらも、湯気の立つ足元にも誰かがいるのを感じた。ミーシャだった。

「えっと、ミーシャ…そこでなにを？」

「冷えた足先を揉《も》みほぐしていました。気が付いて本当によかったです」

「それは、迷惑をかけたね…ありがとう」

「迷惑なんて思っておりませんよ」

ミーシャが心底安心したような顔で俺に微笑《ほほえ》みかけてくれた。だんだん頭がはっきりして状況が見えてくる。なんと俺はマリアに抱きかかえられてお風呂につけられており、肩越しにマリアが見ているのだった。背中にむぎゅっとマリアのたわわなメロンが押し付けられている。足先のミーシャは、太ももに俺の足先を乗せてマッサージをしていた。

「あ、あっわわわわ」

ちょっとまってくれ！　これはどういうことだ!?

「ミ！　ミーシャ、もう大丈夫だ！」

「分かりました」

「マリアも、もう心配いらないよ」

「そうですか？　本当に大丈夫ですか？」

「ルゼミア王の回復魔法が効いているらしい！　のぼせるといけない！　二人とも上がって！」

とにかく逆の意味で限界だ！　俺はまだ子供のはずだが体が大きくなってきている。いろんな意味で大きくなってきている！

「それでは一緒に上がりましょう。体を拭いて差し上げますよ」

「いやいやいやいやいや！　大丈夫だよ！　自分でできるって」

「分かりました。それではミーシャ、先に上がっていましょう」

「はい」

バシャっと二人がその場で立ち上がり、俺に一礼をして浴室を出ていった。

「あっ！　ああ…」

見える！　わたしにも見えるぞ！　わたしにも…

まあしかし…この土地は過酷すぎだろ。北極かそれ以上なんじゃないか？

俺は彼女らがいなくなったのを見計って風呂から上がり、自分の部屋に戻る。

すると…今度はヴァンパイアのシャーミリアとマキーナがいた。

「ご主人様！　なんという!!　ご無事で何よりでございます!!」

「本当においたわしいお姿になっておいでてでした！」

シャーミリアとマキーナが俺の手をとり泣いている。

「いや、それほどおいたわしい姿にはなってないから大丈夫だよ」

「まったく、あのオークときたら頭まで筋肉なのだから！」

シャーミリアがオークのラーズは脳筋だと憤慨《ふんがい》している。

「いや違うんだ、シャーミリア！　ラーズには俺が無理に頼んだんだよ」

「いえ。あのオークはご主人様が、人間の血を多く巡らせていることを知らないのです」

「俺の血のことは、飲んだお前たちが一番分かっているものな」

シャーミリアとマキーナが頬《ほお》を赤くしている。そしてシャーミリアがファントムを見る。

「と、とにかく！　ご主人様をこんな目に遭《あ》わせるなんて、お前は何を見てたんだい!?」

シャーミリアがファントムに向かって怒鳴るが、コイツは何の反応もしない。

「シャーミリア！　俺が訓練のためにファントムを置いてったんだ！　こいつも悪くないよ」

「ご主人様。そのような寛大なお心遣いをこのようなハイグールにまで」

「とにかく俺が勝手にしたことだ。そんなにこいつを責めないでやってくれ」

「かしこまりました。夜があけるまでここにおりますので、なんなりとお申し付けください」

シャーミリアとの話が終わった時、コンコン！　と扉がノックされた。

「どうぞ」

返事をすると、ギレザムとラーズともう一人、アナミスが入ってきて俺のもとに跪《ひざまず》く。

「ラウル様、申し訳ありませんでした。配慮《はいりょ》が足りませんでした」

「いやいや、ギレザム！　俺が頼んだことだし謝らないでくれよ！」

「いえ、元始の魔人について、ラーズに説明が足りてませんでした」

ギレザムがさらに謝ってくると、ラーズも深々と頭を下げて言う。

「申し訳ございませんでした。なんと申し開きをしてよいのやら」

「いや！　いいんだって！　お前が一番気にしなくていい！　俺が無理にやらせたんだ」

「そういうわけにはまいりません。責任を取らせていただきたく！」

「だめだめ。そんなんなしなし。逆にそれをするなら俺はお前たちを配下と認めないぞ！」

「「いや！　それはご勘弁を！」」

ギレザムとラーズが声をそろえて俺に謝ってくる。

「まったく、あなたたちはご主人様の何を見ているのかしら？」

シャーミリアがチクリと嫌みを言う。

「誠に申し訳ない。シャーミリアの言うとおりだ」

ギレザムが謝った。

「シャーミリアもそう言うなって。俺が無理を言ってやったことなんだからさ」

「かしこまりました」

するとギレザムが、一緒に跪いているアナミスを指して言う。

「ラウル様、このアナミスはサキュバスです。精を吸い取らなければ、ただ良い夢を見させるだけのこともできます。今宵《こよい》はアナミスの力で良き夢を見てはいかがでしょうか？」

「そうなの？　それならお願いしようかな？」

するとアナミスが言う。

「ありがとうございます。それでは目をお閉じください」

俺が目を閉じると、意識がふっと落ちた。


昨日の夜はそんなところまでは覚えていたのだが、結局は朝までぐっすりだった。

「ふう…」

朝起きたら部屋の壁の前にファントムが立っていた。何かが起こらないように見張っていてくれたらしい。ベッド脇にはイオナが座って俺の手を握っていた。

「母さんありがとう。そしてファントムも俺を見張っていたのか？」

ファントムは何も言わずそこに立っているだけだった。

「おはようラウル、体は大丈夫なの？」

イオナが早速、聞いてきた。

「ああ、心配をかけてごめん。まさかあんなに過酷《かこく》だとは思わなかった」

「まったく…心配ばかりかけて…」

「ごめん」

イオナは俺をぎゅっと抱きしめて、おでこにキスをした。しばらくぎゅっとされてから解放される。すると…スンスン、とイオナが匂《にお》いを嗅《か》ぐようなそぶりを見せる。

「ラウル…どうやらあなたも男の子になったのですね？」

「いや男は命懸けでやらなきゃならない時もあるな、と思ってさ」

「そうじゃなくて、気づかない？」

「なにが？」

イオナは寝ている俺の下半身の方を見る。

「匂いがするわ」

「ん?? えっあ…いや…これは？」

俺はパンツの中に違和感を覚えた。おねしょか？　いや…この青臭《あおくさ》い匂いは…栗の…

「あ、あわわわ！　あの、あの！」

どうやら俺は夢○をしてしまったらしい。そういえば、サキュバスに夢を見せられたんだったっけ。恥ずかしい！

「いやっ！　母さん、これは違うんだ！」

「違わないのよ。ラウルは、もしかしたらよく分かっていないのね」

いいえ！　分かっていますとも！　体が一気に成長したので、ちょっと理解が追いつかなかったけど…中学生の時になったことあります！　俺はめちゃめちゃ狼狽《うろた》えてしまうのだった。

「あの…あの…」

「大丈夫よ。男はね、そういうことがあるのよ」

「あ、はい。そうですか…は、ははは」

イオナは恥ずかしがる俺を引き寄せて、ギュウッと抱きしめてくれた。

「恥ずかしいことじゃないのよ。堂々としていなさい」

「わ、分かりました」

その時、コンコン！　とドアがノックされた。

「はい！」

焦って必要以上に大きな声で返事をしてしまう。すると、マリアがアウロラを抱き、ミーシャとミゼッタも一緒に部屋に入ってきて俺の周りを囲んだ。

いやいや！　うっそ!?　なんでこんなとき女子全員で囲んでくんの!?

「ラウル様！　大丈夫ですか？」

「もう起きて大丈夫なのですか!?」

「ラウル、良かったよぉ」

　三人がそれぞれに俺を心配している。だが俺は気が気じゃなかった。気がつくんじゃないのか？　早く部屋を出ていってもらいたい！　俺はやっぱ堂々となんてできない！

「大丈夫だよ。油断して無理しすぎたかもしれないな。とにかく後で朝食の時にでも話そう」

「やはりラウル様は九歳の子供なのです！　魔人に合わせて修行するなど無茶なのです！」

　マリアは俺の言葉を聞いちゃいない。それどころか叱《しか》られてしまった。

「マリアの言うとおりです。もう少し子供らしくされても良いと思いますよ！」

　ミーシャにも怒られる。いや…今しがた子供らしくないことが起こったんだよ！

「ラウルは、せっかく本当のお父さんと巡り合ったんだから無理しちゃだめだよ」

　ミゼッタにも小言《こごと》を言われた。

「うん…みんなの言うとおりだ」

　確かに過酷な逃亡や戦闘が続き、俺の感覚は戦場帰りの兵士みたいな状態になっていると思う。確か前世でも最前線から帰ってきたアメリカの兵士が、普通の暮らしに慣れるのが大変だなんて聞いたことがある。もしかしたら俺は、それと同じ心の病にかかっているのかもしれない。戦闘の音が耳から離れないし、命を奪った兵士が死ぬ瞬間を思い出してしまう。

　だが！　俺は現九歳とはいえ前世は三十一歳だ。今の状況の方がめちゃくちゃ恥ずかしい！

「なんとか気持ちを切り替えてみるよ。だから後で話をしよう。また後でね！」

「本当に…？　あれ？　スンスン」

「ラウル様は本当に…なに？　クンクン」

「ラウルそうだよ！　ん？　クンカクンカ」

あ、ヤバい。

「何か匂いがしませんか？」

マリアが最初に口をひらいた。

「本当ですね、なんというか…若葉の匂い？　かな？」

ミーシャも気がついてしまったようだった。

「おじいちゃんの家の裏に、こんな匂いのする木があったような」

三人してスウスウと思いっきり息を吸い込んで確認している。

あ、あ、あう。

「あら？　若葉の匂いかしらね？　じゃあ皆、ラウルが着替えるから、食事の準備をお願いね」

「「「はい！」」」

そう言って三人が部屋を出ていった。

「母さん。ありがとう」

「とにかく着替えて、洗ったほうが良いわ」

イオナは桶《おけ》にお湯を汲《く》んできてくれた。俺は湿らせた布で体を拭き新しい服に着替える。

「汚れた下着とシーツはどうしよう」

「私が洗って、干しておくから心配しないで」

「母さん。ごめんなさい」

「母の務めよ」

いやあ、さすがに母親にバレるのはキツいものがあるね。前世もこの世界も関係ないな。

「しかし、サキュバスのアナミスの力は侮《あなど》れない。こんなに効果的だなんて」

俺はすぐには食堂には向かわなかった。なんか恥ずかしかったし、気を紛《まぎ》らわす意味もあった。俺はひとつのドアをノックする。

「入れ」

ガルドジンの返事で中に入る。すると今日もルゼミア王が、ガルドジンの手をにぎっていた。

「昨日は大変だったようだな」

ガルドジンは笑って言った。

「ガルドジン！　笑いごとではないわ！　アルガルドの手足は凍りついて、あやうく間に合わないところだったのだぞ！　ガルの元配下たちは主人に忠実すぎるのじゃ！」

ルゼミア王がガルドジンを諫《いさ》める。

「だがこうして無事に歩いているではないか」

「まあそうじゃの。お前はすでに妾《わらわ》の義理の子でもあるからの、余り心配をかけるでないわ」

「申し訳ありませんでした」

「で、どうしたアルガルド？」

ガルドジンは俺が来た理由を聞く。

「俺の体、特に成長について聞きたいんだ」

「なんだ？」

「なんか戦う毎《ごと》に成長が進むんだけど、何か知ってるかなと思って」

「そんなことか、それはお前が魔人の血をひいているからだろうよ」

「父さんもそうだった？」

「俺は争いが嫌いだったから、かなりゆっくりだったけどな」

「俺はだいぶ成長が早い気がするんですよね」

そんな俺の疑問を察して、ガルドジンが話す。

「一定までは人間よりも早く進むが、種族によってはある程度のところで老いは止まる」

「妾ももう少し成長した姿でありたかったんじゃが、これぱかりは仕方がないのじゃ」

「そうなんですね？」

「アルガルドの場合、人間の血が濃いからの、妾たちとは少し違うかもしれんがの」

「人間の世界に生きてきたお前には、なかなか馴染《なじ》めないかもしれないがそのうち慣れるさ」

ということは、俺はイオナやマリア、ミーシャたちとは違う歳《とし》の取り方をするのか？

「と言いますと、父さんは何歳なんですか？」

「百六十歳かそこらだ、はっきりは覚えていないがな」

見た目は三十代だけど、まさかそんな年齢だったとは！

「しかしアルガルドの配下になった者の中には、お前より若いのもいるぞ」

「俺の配下に？　誰ですか？」

「ゴーグだ」

ライカンとオーガのハーフであるゴーグは年下らしい。

「いくつなんですか？」

「三歳だ」

「さんさい!?」

今日一番のヒットだった。

ミゼッタは俺と同い年だから九歳、ゴーグが年下だっていったらビックリするだろう。魔人は人間の常識には全く当てはまらないことが分かった。ミゼッタにはとりあえず黙っておこう。

雪中行軍でひどい目に遭《あ》って一週間。動けるようになった俺は、早速修練場に来てみた。

「ラウル様！　その節は大変申し訳ございませんでした」

ラーズが俺に謝罪をするが、俺はそんなこと全く気にしていない。

「まあ、俺にはまだきつかったようだな。もう少し俺ができそうな訓練にしてほしい」

するとギレザムが次のような提案をしてきた。

「ルゼミア王の配下にゴブリン部隊がいるのですが、組手をやってみてはいかがでしょう？」

「ゴブリンと組手？」

「ええ、我についてきてください」

ギレザムと一緒に修練場を出ると、裏手には地下へと続く階段があった。地下に降りていくと、とてつもなく広い地下空洞《くうどう》が出てくる。

「ここはルゼミア王軍の基地となっており、下層に行けば行くほど強い者がおります。地下一階層はゴブリンのテリトリーとなっており、こちらで訓練をしてまいりましょう」

「分かった」

ピ――――！　っと、ギレザムが口笛を吹くと、ぞろぞろと四方から五人のゴブリンが現れた。

ゴブリンを初めて見たけど、ちょっと小さいな。俺より小さい？　これで強いのか？

「ルゼミア王から聞いているな？」

「うんギレザム、聞いてるよ」

ギレザムの問いに、一人のゴブリンがぽつりと言った。

「俺がアルガルドだよ」

自己紹介してみると、ゴブリンもそれぞれに名を名乗った。

「ナタ」「ティラ」「タピ」「クレ」「マカ」

小さくて弱そうだが…大丈夫なんだろうか？

カラン！　ティラが木の棒を地面に置いて俺に向かって言った。

「これで好きに打ち込んできてください！」

「分かった」

俺は木の棒を拾って正眼《せいがん》の構えを取る。剣道とかやったことないので、とりあえずこんな感じだろうか？　ティラが無造作《むぞうさ》にそこに立っているが、打ち込んでいいのだろうか？

ブン！　カン！

ティラのいる場所を打ったつもりが、思いきり地面を打ち付けてしまった。

「痛てて…痺《しび》れる…」

あれ？　いま確かにティラの頭めがけて打ち込んだんだけどな。

「最初は私だけで相手します。思いっきり攻撃してきていいですよ」

ティラがニッコリ笑って言った。

「小さいからって手加減しなくていいってことか？」

「もちろんです。次はこちらも軽くいきます」

今度は上段に構えてティラを正面におく。一見ただそこに立っているだけのように見える。

ブン！　カン！　ジーン！　手が手がぁ。

「う、うう」

「一回ではなくどんどん打ち込んできてください」

「わ、分かった」

ブン！　ブン！　ブン！

俺は無我夢中でティラを捉えるために棒を振り回すが、いっこうに捉えることができなかった。ティラはまるでボクサーのように全て見切って、右へ左へと逃げる。

振り回したらダメだ！　突きだ！

シュ！

勢いよく棒を突き入れる。だがティラに手で横にそらされ前によろけた時、顎《あご》の先に軽い衝撃が走る。俺は糸がきれた人形のように地面に倒れ伏した。


「…ですか？　大丈夫…ですか？」

ギレザムが俺を抱きかかえて語りかけていた。

「俺は気を失ったのか？」

「ほんの少し」

「俺はどうしたんだ？」

「ティラに顎を揺らされて倒れました」

俺の剣筋を見切り空振《からぶ》ったところで、顎にクリーンヒットをもらったらしい。俺がすっと立ち上がってティラを見ると、ティラはこっちを向いて申し訳なさそうにしている。

「すみません」

「いいんだ！　特訓してるって感じがするよ！　始まったばかりじゃないか！」

俺がそう言うと、ティラの顔がパーッと明るくなった。

「よかったです」

「もっとやろう！」

「え、でも」

ティラが躊躇《ちゅうちょ》してギレザムを見るが、ギレザムが深く頷《うなず》いた。

「ラウル様は力をつけたいと願っておられるのだ、お前たちがいろいろと教えてやってくれ」

「分かった」

それから俺は時間を忘れて、ティラを棒で追いかけまわした。小さい頃グラムと剣士ごっこをしたことを思い出す。ティラは俺を倒さないように寸止めで攻撃を止めてくれていた。

「ふうふう！」

「もうやめましょうか？」

「いや楽しい！　まだまだ！」

とにかくブンブンと振り回しティラを捉えようとするが、全く捕まらなかった。

「よし！　休憩しましょう！」

しばらくするとギレザムが止めた。

「ラウル様、こちらへ」

「なんだ？」

するとギレザムが俺の体を支え、足の開きと腰の位置、剣の握りの場所を教えてくれる。

「基本はこの感じを忘れないように、そしてちょっと力みすぎているようです。そして腰の位置が高く棒がまともに振れてません、もう少し重心を下に心がけてください」

「分かった」

「よし！　休憩終わり！」

ギレザムの声掛けで、ティラと他のゴブリンが立ち上がる。俺はティラと向き合いギレザムの言ったことを守って構えてみる。するとティラの雰囲気《ふんいき》も少し変わり、構えをとる。

「ではどうぞ」

ティラの掛け声とともに斬りかかった。するとさっきより剣が早く振れるようになった。なるほど、俺は体幹が悪かったのか。

「ふっ、ほっ、はっ！」

とにかくティラを捉えようと振り回す。さっきまでティラは身のこなしだけで棒をかわしていたが、手を使って受け流すようになった。しかしまったく捉えることができない。ティラが俺の大振りを見逃さずカウンターを放ってきたが、どうにか俺はそれをよけることができた。

「そこで返してください！」

戦っている相手のティラから指示される。

シュ！

突きを入れてみる。するとティラはそれをスウェイで避け、手と手で真剣白刃取り《しんけんしらはど》りのような姿勢になって棒をはさみこみ、後方宙返りをして棒を取られてしまった。

「ふう」

俺はいい感じで汗を流していた。ティラが俺に向かって言う。

「我々は体が小さく力もありません。相手の力を利用して戦うことで有利に持っていきます」

「なるほど」

「ラウル様もまだ小さいので、私たちと同じような戦いができれば良いと思います」

オーガやオークは力が強く体も強靭《きょうじん》だし、ヴァンパイアの二人などは不死身な上にスピードもある。しかしゴブリンは非力だ、相手の力を利用する戦い方をしているというわけだ。

「しばらくは我も一緒にここにおります」

ギレザムが俺をマンツーで指導してくれるらしい。

「ありがとう。じゃあお礼といってはなんだけど…」

そう言って俺は、戦闘糧食のハンバーグ缶とマグロ缶と乾パンを召喚した。

「おお！」「これは！」「ま、魔法だ」「なに？」「すごい！」

ゴブリンたちは初めて見る召喚魔法にビックリしていた。

「これは食べ物なんだ。一緒に練習するんだから飯も一緒に食おう」

俺は缶を開けてゴブリンに出してやる。乾パンも添えて。

「う、うまい！」「初めて食べました」「こんな鉄の中に？」「魚と肉だ！」「すごい」

皆で戦闘糧食を食べつつ、いろいろと聞いてみることにした。

「あの？　みんなの仕事はなんなのかな？」

「いろんなことを調べて味方に教えたりする役割です」

そうか、ゴブリンは体も小さいし諜報《ちょうほう》機関的なことをやっているのかな？

「ただ…」

「ただ？」

「あんまり仕事をしたことがないのです。戦《いくさ》がないので」

「そうか、この国からあまり出たことがないってことかい？」

「はい一度も」

大陸ではゴブリンは討伐《とうばつ》対象だ。ここで安全に暮らせているのは幸せだと思う。大陸では魔獣だけでなく魔人も、討伐依頼が出れば冒険者に狩られてしまうし軍が出る時もある。

「人間をどう思う？」

「特に何も思わないです」

「そうか」

やはり暮らしているところが違えば考え方も違うようだ。

「ティラはこの土地を出てみたいかい？」

「分かりません」

確かに、ここ以外の土地を知らなければ、行きたいも行きたくないもないだろうな。

「ギレザム。俺の気持ちをみんなに話しても大丈夫かな？」

「はい、ルゼミア王は許されると思います」

「そうか」

魔人の意志は主の意志だったっけ。ルゼミア王が俺に全面的に協力すると言っている以上、配下の魔人たちは皆協力者ということだろう。

「俺はもともと大陸に住んでいたんだ。二千年前の大陸には魔人たちも大勢住んでいたらしい」

「「「「「はい」」」」」

五人とも興味津々《しんしん》に聞いているようだ。

「俺も魔人と同じく住んでいた土地を追われて、ここまで逃げてきたんだよ」

「はい、それは知っています」

五人がそろってうんうんとうなずいている。

「俺はこれから、その大陸を全て取り返そうと思っているんだ」

「そんなことができるのですか？」

「できる、できないじゃないいんだ。やるしかないんだ」

「言っている意味がよく分からないです」

そうだよな。こんな非力な俺が、そんな大それたことできるわけないと思うよな。

「この訓練がその第一歩なんだ。皆に鍛えてもらって、それを成し遂《と》げようと思っている」

「私たちがアルガルド様を鍛えると、それができるようになるのですか？」

「ちょっと信じられないかもしれないが、小さいことから積み重ねていくことが大事なんだ。すぐにはできないことが、みんなの協力によって必ず成し遂げられると思っている」

「よく分かりませんが、協力します！」

とにかく俺は強くならなければならない、それには魔人たちの協力が必要だった。

「だから俺が皆を守れるように、そして俺自身が死なないように鍛えてほしい」

「分かりました」

俺の話を理解したかは分からないが、仕事に対しての意味を知ってもらわねばならない。

「大陸制覇《せいは》のための、一つ目の目標は俺がティラを無傷で制圧することだ」

「はい！」

緑色の顔で笑顔を浮かべながら、ティラが元気よく返事をしてくれた。


ゴブリンとの戦闘訓練が始まってから七日が過ぎたが、いまだにティラに棒を当てることができていなかった。ティラはどうしようもないくらい俊敏で、目で追っていてはダメだった。

「ギレザム。ゴブリンはこんなに素早く強いのに、どうして大陸では弱い魔物扱いなんだ？」

「ラウル様。この者たちは特殊ですよ。強い魔人たちに鍛えられてこうなっただけです」

「そうなんだ」

「本来、大陸のゴブリンは群れで人をさらって、食らったり犯したりします。こんな心根のいいゴブリンはいないでしょう」

「そうなんだ。やはり環境って大事なんだね」

「大陸のゴブリンはケダモノ以下だと思われます」

「まあ、人間に見つかればすぐ殺されるしな。そのくらい必死に生きてるんだろ。そもそも群れて人を襲わなければ、生きていけない弱い種族なのだろうし」

ゴブリンは本来ならもっと下卑《げび》た存在だが、そうなったのは人間からの迫害のせいだ。

「そうですね。人間の土地で生きるにはそうせざるを得ないでしょう」

前世は平和な日本に住んでいたため、紛争地帯のことなどはニュースでしか知りえなかった。

ミリタリーマニアの俺は、武器や兵器にばかり目を奪われていた。難民のことや攻撃されて報復する側の理由なんて、深く考えたことはなかったかもしれない。環境や人間関係が人格を形成し、その人々が集まってできたのが町であり国だ。そこに住んでいる以上、環境に影響されてしまうのは仕方のないことだ。

「ティラたちゴブリンは純粋で、全く世を恨んだりもしていない。それは魔人国の常識が全てだからだよね。ルゼミア王がどのような素晴らしい導きをしているのか知りたいものだ」

「そうですね。ルゼミア王と話してみると、とても素晴らしい方だと分かります。ラウル様を狙っていたのは、ガルドジン様と一緒に暮らすためという…子供のような発想でしたけどね」

「最初からそうと分かっていれば、苦労することなくここまで来られたんだよなぁ」

「おかげで我らは、シャーミリアから殺されかけました」

「危なかったよなあ…。しかしギレザム。俺たちはシャーミリアの眷属《けんぞく》を何千人も殺したぞ」

「そうですね。ですがそれは致し方のないことでした」

うーん、これも難しい問題だ。自分のしもべが数千人も殺されたんだから、シャーミリアだって怒って当然なんだけどなぁ。いきなり俺の従順なしもべになっちまった。

「俺がやろうとしてる、世界を取り戻すってことは、正しいことなんだろうか？」

「正しいかどうかは我には分かりません。我らはただラウル様についていくだけです」

「いばらの道になりそうだけどな」

「そうですね」

「俺がもう少し強ければよかった」

「ラウル様はまだ幼い、そう焦らずとも良いのでは？」

ラーズとの雪中行軍やティラとの戦闘訓練で、俺は少し発達した人間くらいの能力しかなく、まったく使い物にならなかった。だが俺の身体能力向上の条件も見えてきている。

「ギレザム。どうやら俺は殺し合いのときに、魔人の力が向上すると思うんだ」

「殺し合いですか？」

「特に召喚した兵器で戦っていると、著《いちじる》しい身体強化がおきる気がするんだよ」

「確かにそうでしたね。強力な武器を使ってヴァンパイアと戦った時には、元始《げんし》の魔人として目覚められましたし。レッドヴェノムバイパーの森では、我らについてこられる速さで走っておられましたし。グラドラム戦で暗殺行動をしている時は、我々と同じような隠密《おんみつ》行動がおできになられましたし。人間離れした動きであったと思います」

「あの強いバルギウス騎士には、全く歯が立たなかったけどな」

「それはやはりラウル様に、体術が備わっていないからでしょうね」

「となれば、やはり身体強化がおきるときに備えて、身体能力を高めておくべきだ」

「その通りかと思われます」

「まずはティラに一回でも攻撃を通さなくちゃな」

「はい、それではそろそろ行きますか？」

休憩を終えて俺は再びティラと向かい合う。ゴブリンは背丈が小さいが、スピードは俺の数倍ある。動きを目で追っていては全く捉えられる気がしない。

「では来てください！」

ティラに掛け声をかけられ、棒を振り回して追い回す。

「ふっ！　くっ！　ほっ！」

それから二時間以上ティラを追い続けた。この七日間、毎日十時間くらい追いかけ回しているが全く掠《かす》りもしない。不意打ちのような作戦も取って、ティラの足を踏んで当てようともしたが足をかわされた。なんだか俺の動きが全て読まれている気がするのだ。そして俺たちは一旦、組手を止める。息を切らしている俺にティラが話しかけてきた。

「アルガルド様」

「なんだ？」

「このままだとかなりの時間を要してしまうと思います。少しの教えをよろしいですか？」

「頼む」

「アルガルド様は、反射的に動くことができるようになってきておられるようです」

「そうか？　そうは思えないけどな」

「私たちは相手の力を利用して戦っているのですが、もう一つやっていることがあります」

「もう一つやっていること？」

「相手をよく見ることです」

「よく見る？」

　いや…動きはよく見てるつもりなんだがな。振り下ろすと、既にいなくなってるんだもの。

「相手の筋肉の動きや目の動き、そして動きのクセも見ています。呼吸音もよく聞きます」

「はい。いえオーガたちや、ミノスなどはもっと凄《すご》いことをやっています。もちろん相手の動きも見ますが、気配や気の向き、そして意識が向かっている方向すらも見ています」

「ギレザム？　それは本当なのか？」

「間違いありません」

「それじゃ、普通に目で追っていては無理ってことだな？」

　そうか、俺の動きは全て読まれていたのか。それじゃ当たるわけがない、後出しじゃんけんで負け続けているようなもんだ。

「私の体の動きを見て、次の行動を予測してみてはいかがでしょうか？」

「予測か…やってみよう」

　俺はまたティラとの追いかけっこを始めた。棒を振り回しながらも、相手をよく観察するように心がけてみる。予測しているようで、全く見当違いの方向に棒を振り下ろしてしまう。しかし、おかしい！

「いいですね！」

「ええっ⁇　今のよかった⁈」

全くダメだと思っていたら褒《ほ》められてしまう。ギレザムが横から補足するように言った。

「相手に当たるようには打ち込めていませんが、ティラの動きを封じています」

「そうなの？」

「その通りです」

ティラも肯定している。

そうか俺は、予測してティラの行動を抑制していたらしい。

「ラウル様が打つ速度が速ければ、間違いなく当たってますよ」

ギレザムが言う。やはり体技がダメなんだ。もっと体を鍛えなければこれより速く振ることはできない。きっとティラには、俺の振る棒がスローモーションに見えているのだろう。

「あの、アルガルド様。もう少し棒の振りを速くできませんか？」

「すまない、これで精いっぱいなんだ」

「そうですか。ならば棒をもっと短くしましょう」

渡されたのは、四十センチに満たない棒だった。

「これでやりましょう」

「分かった」

渡された棒は軽くて振り回しが楽になった。再び、ティラの動きをよく観察し打ち込み作業をくりかえす。真剣勝負なら俺は、千回は死んでる。サバゲのように死ぬことはない訓練だからこんな練習になっているが、以前見たミノスとゴーグの組手は本物の武器で戦っていた。殺し合いのつもりで!!　俺の手に握っている棒をコンバットナイフだと思って!!

「ふぅっ!!」

俺が集中力を最大限に高め、ティラの動きを観察し打ち込んだ時だった。

コン！

ティラが左腕で俺の棒を受けていた。やっとティラを捉えることができた瞬間だった。

「アルガルド様！　やりましたよ！」

「ラウル様、お見事です！」

ティラとギレザムにめっちゃ褒められた。なんか出来の悪いお坊ちゃんみたいで嫌だ。しかし！　やっととらえた！　大収穫だ！　ゴブリンのティラを師匠《ししょう》と呼ばせていただこう。心の中で。

真っ暗闇の洞窟《どうくつ》に、俺は一人で立ち尽くしている。

シン……

音もなく静かな真っ暗闇、まるで俺ごと暗黒の一部になってしまったようだ。

ピチョン

どこかで雫《しずく》がしたたり落ちた。その時、俺はスッと一歩前に出た。

フッ！

俺の後頭部のあたりを何かが通り過ぎ、その直後、俺は垂直に予備動作なしで飛んだ。

シュッ
俺の足元あたりを何かが走り抜けたようだ。着地と同時に前へ飛んで掌底《しょうてい》を突き出す。
ポンッ
何かに軽く当たった。
ドサッ
誰かが倒れるような音がした。その倒れた誰かの後ろから更に気配がする。
シュッ
俺がスウェイでよけ、真剣白刃取《しんけんしらはど》りで突き出されてきたモノを受ける。突き出された物は、フェアバーンサイクス・ファイティングダガーナイフだ。そのままそれを相手からつかみ取り、目にも留まらぬスピードで放り投げる。カツン！　と岩肌にナイフが突き刺さる音がした。ナイフを投げ倒れ込んだ姿勢のまま、左足を思い切り上空に蹴《け》り上げる。
ダフッ
肉を軽く蹴る感触がした。
「がっ」
ドサッ
誰かが転がる音がする。間髪《かんはつ》容れずに左右から同様のナイフが突き入れられたが、俺はそれを両の手で少し上に押し出して避ける。すぐさましゃがみこみ低空で回転脚を入れてみる。
ドサ！　ドサ！

二つの気配が転んだようだった。すると背後からかすかな殺気が、後頭部に突き入れられる感覚がした。俺が首を左に傾けると、頰《ほお》のギリギリのところをナイフが走る。そのナイフを握っている腕をつかみ、背負い投げのような形で床に叩きつけた。

ドサ！

そして俺は何もなかったようにそこに立っていた。

「お見事です！」

お世辞《せじ》でもなんでもない、本物の賞賛の声が聞こえてきた。俺は軍用のカンテラを召喚して灯りを灯す。すると俺の周りには、五人の戦闘ゴブリンが倒れていた。

「すまない、みんな怪我《けが》はしてないか？」

「ええ大丈夫です」「問題ありません」「すこし肘をすりむきました」「おしりが痛いです」「頭がくらくらします」

ゴブリンそれぞれから答えが返ってきた。

「ティラ！　俺は相手の力を利用して戦えているかな？」

「申し分ないと思います」

「じゃあ合格かな？」

「はい」

ゴブリンと戦闘訓練を始めてから、既に二年が経過していた。俺の体も中学生ぐらいになって、身長は百六十五センチを超えていた。最初の訓練ではティラ一人に棒が掠りもしなかった。

今ではゴブリン五人を、暗闇で相手しても圧倒できるようになった。こちらは素手で彼らにファイティングナイフを持たせた状態でだ。

「あれから二年か…やっとだ、やっとティラたちとの訓練を卒業できる」

「それではラウル様、二年前に断念した我々との訓練を再開してみませんか？」

「あの、寒いやつか」

「はい」

どうしよう、あれすっごく寒かったんだよな。死ぬほど寒くて本当に死にかけたんだっけ。

「今の気を放つラウル様であれば、あの試練を越えられると思いますが？」

「本当か？」

「はい」

「分かった。その前に、今日は体術訓練の卒業を記念して、みんなでお祝いしようぜ！」

「「「「お祝い？」」」」

ギレザムを含むゴブリンが、みんなで頭の上にハテナマークを浮かべた。

「それじゃ地上の城にみんなで一緒に行こう！」

「大丈夫なのですか？」

ティラが不安そうに聞いてくる。

「大丈夫だ、ルゼミア陛下と父さんにはすでに話を通してある」

「我々のようなものが一緒に？」

「あ、お前たちが緊張するといけないから、陛下と父さんには遠慮《えんりょ》してもらってる」

「分かりました」

俺たちが城の食堂へ赴《おもむ》くとイオナ、マリア、ミーシャ、ミゼッタが準備で動き回っていた。

「あ、みんな。終わったのでゴブリン隊を連れてきたよ」

「あら、ラウルおめでとう。合格したの？」

イオナが聞いてきた。

「ああ、ようやく免許皆伝だよ」

イオナは俺の前に静かに立ち、ゴブリンたちに向かって話しかける。

「こんにちは。息子にいろいろと教えてくれてありがとうございます」

「い、いえ…」

「母さん、皆凄いんだよ！　最初は手も足も出なかったんだ」

「そうなのね！　ティラさんのこと、ラウルが師匠と呼んでいたわよ！」

「師匠なんて立派な者じゃないです」

「あなたのおかげで、毎日新しい発見があるといっていたわ。教える才能があるのね」

すこしオドオドしながらも、照れながらティラが受け答えしている。

「で、でもこんなに早く五人を相手にできるようになるなんて、私たちとは違います」

「ラウルがあなたたちとは違うってどういうことかしら？」

「私たちが、ここまで成長するのに使った時間はもっと長いんです」

「どのくらい？」

「十年以上はかかっています」

「凄《すご》い頑張ったのね！」

「それほどでも」

「とにかく、立ち話もなんですから座りましょう」

イオナが促して、みんなも席に座ってもらう。

「みんな、マリアとミーシャの料理はうまいんだぞ！　楽しみにしてくれよ」

皆が席に座ると、マリアたちが料理を運んできてくれた。

「こ、こんな料理は初めて見ました！」

ティラが言うと、他のゴブリンたちも興味津々《しんしん》で料理について話をする。

「これは大陸で人間たちが食べている食べ物だよ。材料はルゼミア陛下にお願いして、グラドラムから仕入れてもらったんだ」

「そうなのですね」

今のグラドラムはファートリア神聖国領になっていた。マリアが外交官から聞いた話では、グラドラムのポール王やデイブ宰相《さいしょう》も健在だそうだ。今、ポールたちは王ではなく、グラドラム領主と執事という立場ではあるが元気に暮らしているらしい。魔人国とは厳しい北海を隔《へだ》てているため、ファートリアとバルギウスの連合軍も侵略はしてこなかったのだ。グラドラムは魔人国の玄関口ということもあって、対魔人国の外交領のような扱いを受けているそうだ。

「魔人国はかなり警戒されているようだね」

「グラドラム戦で一人も兵隊が帰らず、警戒して手出しをしてこないのだそうです」

「本当に計画通りに進んだよ、死体の一つもないんだから、警戒しない方がおかしい」

俺とマリアが、グラドラムのことを話しているとイオナが言う。

「ポール王もしたたかよね。魔人国を抑えられるのはグラドラムだけだと言って、ファートリアとバルギウスを牽制《けんせい》しているらしいわ」

「ははは、流石《さすが》だ」

ポールの人間性を思い出すと笑えてくる。

「それじゃ食事の準備もできたので、母さんお祈りを」

「では、命に感謝していただきます」

「「「「いただきます」」」」

俺と、イオナ、マリア、ミーシャ、ミゼッタ、とティラたち五人でパーティーが始まった。

「こんなにおいしい料理を食べたのは初めてです！」「ほんとうだ！　食べたことない！」「大陸ではこんなものが食べられるんだ」「美味《おい》しくていくらでも食べられる」「もぐもぐ」

ティラ、マカ、ナタ、タピ、クレは、凄く喜んでくれた。

「このお魚のパイ…懐かしい味だわ」

イオナがしみじみと言う。

「はい、私とミーシャでセルマのことを思い出しながら作りました」

「セルマ…彼女の料理は本当においしかったわね」

「はい」

イオナの思い出話に、マリアとミーシャが少し涙ぐみながらうなずいている。

「俺とグラム父さんもこのパイを楽しみにしてたっけ」

久しぶりのサナリアの料理に、俺たちは故郷をしみじみと思い出していた。

「どうしたんですか？」

悲しみの思い出に包まれた俺たちを見て、ティラが聞いてきた。

「いや…なんでもない。美味《うま》いだろこれ？」

「はい！　すっごくおいしいです！」

「うん、俺もそう思うよ」

「アルガルド様？　泣いてらっしゃいますか？」

「いや泣いてなんかないさ、ほんの少しだけ故郷が懐かしくなっただけだよ」

皆で作ったセルマ直伝の温かい家庭料理の味に、ほんの少し塩加減が加わってしまった。

「そう…俺は忘れてはいない」

小さな声でつぶやくのだった。そうだ、俺を強くするものはいつも心の中にある。

第二話　魔人国の狩り

ビュウウウッウウウウ
物凄い吹雪《ふぶき》が吹き荒れていた。俺は雪迷彩仕様の防寒服を着て白いヘルメット姿だ。
ザクザクザク
俺は深い雪の中でも、遅れることなくラーズについていけていた。
「ラウル様。見違えるようですな」
「ああ、多少魔力を操作できるようになってきた」
「それは何よりです」
ビュオウォオオォォォォォ
強い風が吹きつけてきて視界が奪われても、ラーズを見失うことはなかった。ラーズにも俺と同じ格好をさせており、白い布で包んだノーリンコLG5グレネードランチャーエキスパートを装備させる。十三キログラムと重量が重く、グレネード－40×53㎜弾を射出した時の反動はハンパない。通常グレネードランチャーの射程距離は二百メートルがいいところだが、これは千メートルから二千メートルまで届くのだ。ラーズはそれを抱え、斧《おの》を背負いその上に軍用の雪迷彩のリュックサックを背負っている。

「ラウル様に教えていただいた、この武器にもだいぶ扱い慣れてきました」

「すごいだろ！　これ」

「はい！　凄《すさ》まじいものですな！」

「ラーズには分かってもらえたか、これのカッコ良さが」

「もちろんです」

俺はLG5グレネードランチャーエキスパートより反動の少ない、バレットM82対物ライフルを白い布に包んで行軍している。背中には同じ軍用のリュックサックを背負い、二人のリュックの中には食料と水筒そして薪《たきぎ》が入っている。以前薪が拾えなくて暖がとれなかったからだ。訓練だと思ってなんにも準備しなかったことを反省し、今回はフル装備なのだった。

「獲物に出会えるかな？」

「どうでしょう、我も一度だけ見たことがあるくらいです」

「とにかくなんとかしたいな」

「はい」

今回は、二人でただ雪中行軍をするのではなく目的を作った。それは、この山に棲《す》む強力な幻獣を狩ることだった。巨大なマンモスとも亀ともとれるような、真っ白なバケモノだそうだ。百メートルくらいの大きさらしく、触手がたくさん生えていて魔獣をエサにするらしい。

「四日も彷徨《さまよ》っているが、なかなか見つけられないな」

「そう簡単に見つかるものではありません」

この二年間の訓練で、俺の魔人としての能力が格段に向上し、既に四日も山に籠《こ》もっている。

「ここには、表面からは見えない割れ目もございますのでお気を付けください」

「分かった」

クレバスは先に察知してさけることができており、危険は回避できている。

「グレイトホワイトベアーは冬眠期間中だよな？　それをエサにするやつが活動してるのか？」

「ええ、間違いなく活動していると思います」

「どうしてだ？」

「時折、国民も山で被害に遭《あ》うからです。エサがない分、魔人を襲って食べる時もあります」

「ならば絶対に放ってはおけないな」

「まさかラウル様が、こっそり二人で討伐《とうばつ》しようなんて言うとは、私も驚いていますよ」

「それくらいできなきゃ、前回の汚名返上できないからな。巻き込んでしまってごめんな」

「いいえ、私も前回の責任がありますゆえ、とことんお付き合いさせていただきます」

そうなのだ。伝説の魔獣を二人で狩ってびっくりさせようという計画だった。

「ラーズ、この洞窟《どうくつ》で休もう」

「はい」

暗くなってきたので、山奥にあった洞窟に入っていくと、ラーズが警戒し始めた。

「ラウル様、どうやら魔獣がいますね」

「ああ、俺も微《かす》かになんかの気配を感じる」

「この気配からすると、グレイトホワイトベアーかと思われます」

「冬眠してるのか？」

「そのようです」

「じゃあ起こさないように静かにしていよう」

「警戒だけはしておきましょう」

「そうだな」

どうやらこの洞窟の奥にはグレイトホワイトベアーがいるらしい。大陸のレッドベアーと同じように、八メートルもあるシロクマだった。俺たちはシロクマの軒先《のきさき》を借りることにする。

「じゃあ食べ物と火はなしにしよう。交代で寝て見張ればいいだろうな」

「それではラウル様がお先にお休みください」

「分かった。三時間ほどしたら勝手に起きるよ」

「はい」

俺はストンと眠りに落ちた。最近は速攻で深い眠りにつくことができる。そのおかげで、三時間も熟睡すれば体力は十分回復するのだ。三時間ほどして俺はスッと目が覚めた。

「今度は、ラーズが眠ってくれ」

「は！」

ラーズはその場に座り込んで目を閉じた。しばらくは静かだった。火を焚《た》いていないので灯りはないが、洞窟内は外よりも幾分気温が高い。俺はENVG－B暗視ゴーグルを召喚して、奥をじっと見るが魔獣の動きはなさそうだ。俺たちの今日のターゲットはグレイトホワイトベアーではない。できればじっとしていてほしいものだ。むやみに殺したくはない。

「ラウル様、いかがでしょう？」

三時間ほどたって、ラーズが起きて声をかけてきた。

「特に何も？」

「？」

洞窟の奥から、気配が近づいてきたのを俺とラーズが同時に気付いた。

「かわいいのがいるな。たぶんグレイトホワイトベアーの子供だ」

「こちらに気がつきましたね。どうします？」

そこには体長一メートルくらいしかない、白くて毛の長い可愛《かわい》らしい子熊がいた。

「殺したくない、逃げよう」

「はい」

俺たちが逃げようとすると、俺たちに興味が出たのか、一気に距離をつめてきた。

「走れ！」

二人が入り口に向かって走ると、熊の子供もついてきた。

「まずいな」

「ですね」

「追い返そう」

俺たちは立ち止まって振り返ると、楽しそうに小熊が近づいてきた。

ズドン！

俺は上に向けてバレットM82を威嚇《いかく》射撃した。すると白熊の子は止まった。

「うぉぉぉんっ」

白熊の子がびっくりして叫ぶ。発砲音と子供の叫びを聞き、親のグレイトホワイトベアーまでもが奥から出てきてしまった。

「ありゃりゃ！　急げ！」

一気に駆け抜けて洞窟の外へ出たときだった。

グボォォォォォォォン
物凄《ものすご》く響く重低音のバカでかい音が聞こえた。

「な、なんだ？」

「ヤツです」

「例の幻獣か！　馬鹿デカイな！」

吹雪の崖《がけ》の向こうに、巨大な何かが動いているのが見えた。

「気を付けて下さい」

それは体の上半分だけでも、五十メートルくらいの高さがある。背中には触手が生え、その先っぽ全部に顎《あご》があった。馬のような体型で頭からしっぽまで百五十メートルはありそうだ。

ガアアァァァ

後ろの洞窟から、俺たちを追ってグレイトホワイトベアーの親子が出てきた。

「こら！　出てくるな！」

俺が叫んだ瞬間、巨大な怪物の何本かある触手のうちの一本が、グレイトホワイトベアーに伸びて、あっという間に母熊をからめとってしまった。高く上空に持ち上げられてしまう。

「くそ！　ラーズ触手を撃て！」

「は！」

俺とラーズがそれぞれの武器を触手の途中に打ち込んだ。

ガズゥン！　ガズゥン！　ガズゥン！　ズドン！　ズドン！　ズドン！

グゴオオオオオオオオオオオン！

触手の一部がはじけるが、巨大魔物はグレイトホワイトベアーを手放さなかった。俺はリュックサックとバレットM82対物ライフルを投げ捨てて、ロシア製ロケットランチャーＲＰＧ－32を召喚し、一気にグレイトホワイトベアーを摑《つか》んだ触手に走り寄っていく。

ドン！　ズガァーン！

グァボアォォォォォォォン!!

ものすごい幻獣の重低音の叫び声が辺りに鳴り響く。ロケットランチャーは触手の中央あたりに当たってはじけ飛び、触手に捕らえられた母熊のグレイトホワイトベアーが落ちてきた。

ズゥウン

落ちてきた八メートルはあろうかというグレイトホワイトベアーを、ラーズが受け止める。

「きます！」

四方から太い触手が、俺たちに迫ってきた。触手の直径は十メートル近い。

「いったん俺が食い止める！　熊を安全な場所へ！」

「は！」

俺はM61A2バルカンを召喚した。重量百十二キロ20×102㎜の弾丸を毎分6000発射出する化物だ。通常は戦闘機などに搭載されているが、それを台車ごと呼び出す。

バガガガガガガガガガガ
ものすごい勢いで弾丸が射出される。触手の肉がはじけボロボロになりつつも、俺を襲おうとして追撃の手を緩《ゆる》めない。しかしM61A2バルカンの威力に近づけないでいるようだった。

グボォォォォォォォォン
また重低音の幻獣の爆音が響き渡る。

ゴゴゴゴゴゴゴゴゴゴゴ
突然地鳴りがし始めた。山の上を見ると雪が大量に滑り落ちてきてる！　雪崩《なだれ》だ！　M61A2バルカンを放棄し脱兎《だっと》のごとく洞窟へと走り出すが、一歩及ばず雪崩に呑《の》まれてしまった。

「ぐおっ！　しまっ！　あぶぶ！」

雪に体を持っていかれ、上だか下だか分からんようになってしまう。

ヤバイヤバイ！

ようやく動きが止まった。いま自分がどういう状況かは分からないが視界は真っ暗だ。

「う、動けない」

少しずつ息が苦しくなってきた。呼吸を整え酸素の消化量を減らすようにする。しかし猛ダッシュしたせいもあって、なかなか収まらなかった。そのまま七分ぐらい経過しただろうか？

「抑えろ」

十分ほど経過して、そろそろ意識がヤバくなってきた。く…くるじい…息が…

「ぷっ…ぷはぁぁ!!」

思わず、肺にためていたものを全て吐き出してしまった。

し…死ぬ！　と思った瞬間だった。

ボコォ！

俺は足首を持たれて、雪の中から引っこ抜かれたのだった！

「ゴホゴホゴホゴホ！　すっはぁああぁぁ」

思いっきり酸素を肺に詰め込む。

「ラウル様ぁ！　大丈夫ですか！」

ラーズが俺を探し出し、掘り出してくれたのだった。

「ありがとう！　ラーズ助かった！　あいつは？」

「いなくなりました」

「そうか、あんなのを退治しようとしてたんだな。俺たち…」

「ええ…無謀《むぼう》でしたね…」

「ぷっ！　あはははは！」

「アハハハハ！」

俺とラーズは二人で大笑いした。

「ところで、グレイトホワイトベアーはどうした？」

「それが…」

「ウォォオオン、ゥォォオオン」

動かない母熊に小熊が寄り添って叫び声をあげていた。

「母熊が死んだか…」

「はい」

「なら…しばらくこの小熊のそばにいてやろうかな」

「そうですね」

俺たちがこの洞窟にさえ来なければ、この母熊は死なななくてすんだ。申し訳ない気持ちでいっぱいだった。しばらくして子供のグレイトホワイトベアーが鳴き止んだ。

「ごめんな。そんなつもりじゃなかったんだ」

俺が子供のグレイトホワイトベアーに話しかけた。

「この子供、ここに置いていったらまた外に出ますね」

「だと死ぬよな？」

「ええ」

俺たち二人はしばらく考えこみ、そしてある結論に至った。

「母熊の死体と小熊を引っ張って下山しよう」

「連れていくんですか？」

「この際、仕方がないじゃないか？」

「分かりました」

俺はナイロン製のテントを召喚して、母熊の遺体をくるんでやった。

「いま、マグロ缶を食わせてやるからな」

戦闘糧食のマグロ缶を大量に召喚して開けてやると、子供のグレイトホワイトベアーはガツガツと食い始めた。二十個くらいのマグロ缶を食べてようやく落ち着く。

「くぉおおん」

ラーズと一緒に、ナイロンに包まれた母熊の死体を洞窟の外に運び出すと、いつの間にか吹雪《ふぶき》がやみ太陽が昇っていた。山に短い晴れ間が訪れたのだった。ぬけるような青い空が広がる。

「じゃあ下山するぞ」

「はい」

ナイロンにくるまれたグレイトホワイトベアーの死体を、二人でずるずる引きずりながら進むと、小熊のグレイトホワイトベアーが後ろをちょこちょことついてきた。

「なあラーズ、あのグレイトホワイトベアーを飼っていいって言われるかなぁ？」

まぐろ
まぐろ
まぐろ
まぐろ

「どうでしょうか？　誠心誠意お願いすれば、ルゼミア様もお許しになるでしょう」

「だといいなあ」

俺はテクテクとついてくる小熊を見て軽くため息をついた。魔王城に到着し、入り口にラーズとグレイトホワイトベアーの子供を一緒に待たせて、ルゼミア王のところに出向く。

「お！　帰ってきたのか。六日も戻らぬからイオナたちが心配しておったぞ」

ルゼミア王が、少々お小言《こごと》モードで俺に迫ってきた。

「すみません陛下」

「もう母親じゃ、そんな堅苦しい呼び方じゃなくてもよいわ」

「ではルゼミア母さん」

「お、おう！　いきなりか！　なんだかこそばゆいの！　だが心地好いのじゃ！」

そう言いながら、ルゼミア王はなんだか嬉しそうだった。母さんと呼ばれウキウキしている。

「あのう、おりいってルゼミア母さんにお願いがあるんですが」

「なんじゃなんじゃ！　なんでも言うてみい！」

「ペットを飼いたいんです」

「ペット？　なんじゃ？　ペットとは？」

「あ、動物を飼育したいと思いまして」

そうか、この国にはペットという概念《がいねん》はないかもしれない。

「なんじゃそんなこと、自由にやればよかろう」

「それが、一緒に来て見てほしいんです」

俺はルゼミア王を城の門まで連れていった。すると待っていたラーズがルゼミアに膝をつく。

「堅苦しいわ、せんでよい」

ルゼミアがラーズを立たせて、その後ろにいるグレイトホワイトベアーの子供を見た。

「こやつか！　かわいいのう！　おお！　飼え飼え！」

「い、いいんですか？」

「よくついてきたのう。グレイトホワイトベアーが懐くとは聞いたことがないわ」

「そうなんですか？」

「のう、ラーズよ。お主は聞いたことがあるか？」

「いえ、私も初めてのことで驚いております」

「飼い方がよく分からないのですが、食べ物は肉か魚ですよね」

「そうじゃな」

「分かりました。明日、早速こいつの餌《えさ》を探しに行きます」

「ほう。それは良い心がけじゃ、無理はするなよ。熊の名はなんとするのじゃ？」

熊の名前か…考えてなかったな。どうしようかな…

「えっと、シロで…」

「ははは！　安直じゃがかわいいのう！」

というわけでグレイトホワイトベアーの名前は『シロ』になった。

「ところで、その後ろの大きな袋はなんじゃ？」

「あ、これは、幻獣に殺されたシロの母親です」

「そうか、それは残念じゃったの」

「はい、二人で助けようとしたのですが…力及ばず」

「ならきちんと弔《とむら》いをしてやらんといかんな！」

「弔いですか？」

「妾《わらわ》にまかせよ。お主たちは早うイオナに無事を伝えに行ってまいれ」

「はい」

ルゼミア王に促されて、俺とラーズはみなが待つ部屋に向かう。

「ラウル！　もうあなたは！　こんなに長くなるならそう言って出かけなさい！」

こっちのお母さんからは、いきなり怒られた…

「は、はいすみません」

「ラウル様のせいではありません、私が行こうと言ったのです」

ラーズが俺をかばって咄嗟《とっさ》に嘘をついた。

「ラーズ。あなた嘘が下手《へた》ね。ラウルが無理に誘ったのでしょう？　私に嘘は言わないわよね」

「は！　申し訳ございません！」

ラーズが深々と頭を下げた。

「ラーズいいよ、俺が無理を言ったのはバレてんだから。でもね！　見てよ母さん！」

ドアの後ろにいたシロを部屋の中に入れる。

「え！　え！　なに？　可愛いじゃない！　どうしたの？」

「飼おうと思ってさ」

「これは、大丈夫なの？　魔獣にみえるけど」

「グレイトホワイトベアーという魔獣です。成獣は十メートルを超えるものもいるそうです」

シロは俺の手をべろべろと舐《な》めていた。グリフォンの時もそうだったけど、これが魔獣の愛情表現なのだろうか？　俺の手がべちょべちょになってる。

「ずいぶん懐いているのね」

「俺には良く懐いていますね。ルゼミア王から聞けば、本来は懐かないそうです」

「そう！　よろしくね」

動物好きのイオナがニコッと微笑《ほほえ》みかけると、なぜかシロは床に伏せた。

「母さんも、撫でてもいいらしいよ」

「分かるの？」

「あれ？　ホントだ。俺、なんで分かるんだろう？」

イオナはシロに近づいてモフモフと撫でていた。

「毛が柔らかくて気持ちいいわ。まだ子供だからモフモフね」

シロが気持ちよさそうに目を細めている。

「シロが気持ちいいってさ」

「あら、そうなのね！」

「ところでマリアとミーシャ、ミゼッタは？」

「キッチンにいると思うわ」

俺がラーズとシロを引き連れてキッチンへと向かうと、ミーシャがいた。

「ミーシャ！」

「ああ！　ラウル様、心配しましたよ！」

「ああ、もう母さんに十分叱《しか》られたよ、これからは気を付ける」

「マリア！　ミゼッタ！　ラウル様が帰ってきましたよ！」

奥から出てきた、マリアとミゼッタにもお小言を言われてしまう。

「ラウル様！　もう！　心配させないでください！」

「ラウル！　心配したじゃない！」

「分かったよ」

するとマリアがシロを見て、不安そうな顔で聞いてくる。

「あのぅ、その後ろにいる白い獣はなんですか？」

「シロだよ。飼うことになった！　よろしくな！」

「魔獣、ですよね？」

「そうだけど大丈夫なんだ。俺に懐いているからね」

「そのようですね…」

ミゼッタがマリアの後ろからのぞき込むと、シロがまた這《は》いつくばった。

「ミゼッタ、シロが乗っていいって」

「ほんと!?」

「ああ」

ミゼッタがシロにまたがると、のっそり立ち上がって歩き始める。

「ミゼッタのことが気に入ったみたいだ」

「そうなんだ！　シロ！　よろしくね！」

「ウォン」

「返事するんだ!?」

ミゼッタは大喜びで乗っている。狼ゴーグに乗り慣れてるだけあって、乗り方が上手《うま》い。

「これからシロも俺たちの仲間だからよろしくね！　ちょっと配下にも紹介してくるよ！」

「今日も鍛錬場にいると思いますよ」

俺とラーズはシロをつれて鍛錬場へと赴《おもむ》いた。

「「「「「ラウル様！」」」」」

俺の顔を見て、全員が入り口にくる。

「ラーズ！　お前、また無理をさせたんじゃないのか？」

ギレザムがラーズに詰め寄るが、俺がそれを止めて説明をする。

「違うよギル、俺が無理にラーズに頼んだんだ」

「ラウル様、あまり無理をなさらぬよう」

「みんな心配性だなぁ」

「俺はラウル様の気持ち分かるよ！」

ゴーグだけは、俺の気持ちが分かると言ってくれる。

「ゴーグ！　分かってくれるか！」

「ゴーグ！　あまりラウル様を焚《た》きつけるようなことを言うな！」

ガザムがゴーグを諌《いさ》める。

「いや、ガザム！　俺だっていつまでも子供じゃないさ」

「とにかく、ラウル様はご無理なさらぬようお願いします」

「分かったよ」

そして全員の視線がシロに向かう。

「して…それは？」

「俺が使役《しえき》する魔獣だ」

「まさか、グレイトホワイトベアーを従えているのですか？」

「そうなんだ、俺のことを気に入ってくれているみたいなんだよ」

「それは珍しい」

鍛錬場の真ん中では、ファントムがどこか遠くを見て突っ立っていた。

「ファントム相手に修練してたんじゃないの？　邪魔したね」

「いえ、そろそろあがろうかと思っていたところです」

「ファントム！　こっち来い！」

ファントムを呼ぶと、巨体らしからぬ俊敏さで俺の前に来る。間違いなくシャーミリア並みのスピードがある。俺とシャーミリアの血、千体のバルギウス兵の死体で作られた化物だ。

「ファントム、シロだ。シロ！　ファントムだ！」

「ウ――――!!」

なんだか、シロがやたらと嫌っている。ファントムが怖いらしい。

「シロ！　ごめんな。こいつも仲間だからそのうち慣れてくれよ」

シロは俺の手をペロペロと舐め始めたが、ちらちらとファントムを見つめて警戒していた。

「ギレザム、ファントムはどうだ？」

「どうもこうも、シャーミリアはとんでもない物を作り上げました。我ら八名でかかっても、どうにもなりません。力と速さと不死性を兼ね備えたバケモノですよ」

「シャーミリアは、究極の仕上がりだとか言ってたもんな」

俺がギレザムと話していると、後ろから声がかかった。

「はいご主人様！　そのとおりですわ」

「わぁ!!!」

俺の後ろにシャーミリアがいつの間にか立っていた。恐ろしいほど気配が読めない。

「ああっ！　ご主人様！　驚かせてしまい申し訳ございません！」

シャーミリアと後ろのマキーナが、めっちゃ恐縮して膝をついた。

「いいんだいいんだ！　シャーミリア！　俺が未熟なだけだよ」

「いいえ、常に遠くからお声がけしてから近づきます」

「それだと戦闘時に困るから、今まで通りでいいって」

「かしこまりました」

「で、シャーミリアちょっと聞きたいんだけど、ファントムって弱点はあるの？」

「ございます」

「なに？」

「言いづらいのでございますが」

「かまわないよ」

「ご主人様の命にございます」

「俺の命？」

「ご主人様の命が尽きない限り不死でございます。破邪《はじゃ》の魔法も効きません」

なんてこったい。俺が死なない限りこいつは倒せないってことか！

「ただし、二年前より少し力が弱っています」

「これで？　弱ってるっていうのか？」

「はい、そろそろ養分の死体を吸収せねばなりません」

なるほど、こいつはハイグールだから、死体を食わないとパワーを補給できないのか。

「私奴《わたくしめ》が、グラドラムに駐留する敵国の兵を連れてこられれば補給できます」

「それはまだ待て」

「承知しております」

そんな話をしている横でシロが、耳のあたりに手を当ててふさぎ込んで震えている。

「シャーミリアとマキーナにも紹介する。俺が使役するグレイトホワイトベアーのシロだ！」

「あら、かわいらしいわね。ファントムと一緒に、ご主人様にかわいがってもらって頂戴《ちょうだい》」

ゾクッとするような妖艶《ようえん》な笑みをたたえて、シャーミリアがシロに微笑みかけるが、シロはただただ震えるだけだった。ファントムよりシャーミリアの方が怖いらしい。

それより！　モフモフのシロがファントムと同じ立ち位置!!　ファントムはペット!?

そして…その日のディナーでは、極上《ごくじょう》の熊肉のフルコースがふるまわれたのだった。


俺たちがシロを連れて帰って数日後、今度は極寒の海にいた。俺はセイレーンのセイラと、漁に挑むことになったのだ。セイラはセイレーンという種族で、歌で人間を呼び寄せ食べてしまう恐ろしい魔人だ。足より下には鱗《うろこ》が生えており、魚よりはるかに速く泳ぐことができ、魚を獲ることに関しては天才だった。この極寒の海は普通の人間ならば三十秒と耐えられず、俺はネイビーシールズ仕様のスイムスーツと酸素ボンベを召喚し、身に着けての潜水となる。

「よし！　それじゃあよろしく頼む」

「はい」

「シロがね、とにかく食うんだよ」

「ならば、大型の魚を狙いましょう！」

「おう！」

そう、シロの餌《えさ》のために、俺はセイラに漁に連れてってくれと願ったのだった。

「波が荒いね」

「ええ、まず私がラウル様を抱いて海に入ります。来てください」

セイラの下半身は魚のような感じで鱗があるが、上半身は人魚もビックリの健康的な美人だ。

まず声がいい！　歌うような心地よい声で俺を呼び抱きしめる。

「行きます！」

セイラと俺が岸壁に立ち、スッと海に落ちていく。

ああ、おっ〇いがムギュっと潰れて心地いい。い、いかん！　真面目《まじめ》にいくぞ！　つ冷たい！

「ラウル様、おやめになりますか？」

海面に浮かびながら、俺がボンベのマウスを外して答える。

「大丈夫だ、だが長時間は無理だと思う」

「それで息ができるのですね？」

「そうだよ。酸素ボンベっていうんだ」

「ラウル様は素晴らしいです。神様のようです」

「神様ではないよ」

なんか配下たちが俺を崇拝《すうはい》しきってくれているけど、なかなか慣れない。

「よしっと」

俺は海に潜りブラックシャドウ730水中ビーグルを召喚した。おそらくこれでもセイラには追いつけないだろうが、素早く潜水ができる。ようは魚のいるところまで潜水できればいいのだ。魚を突くための三叉《みつまた》に分かれた槍も借りてきた。セイラが近づいてきて下を指さす。

お！　いるいる！　寒いからか魚があまり動かないみたいだ！

大型のタイに似た魚に近づいて槍を構える。ゴブリンとの戦闘訓練の成果を出す時だった。

ザク！　やった！

上に上がるとセイラも水面に上がってきた。セイラも一匹獲ってきたようだ。

「獲ったどー！」

「そうですね！　ラウル様」

あ、そうだよな…ツッコミはないよな。

俺たちは獲った魚を岸壁の方へと持っていく。岸壁の少し高くなったところに穴が空《あ》いており、洞窟《どうくつ》状のその場所に、いったん獲った魚を置くらしい。セイラが手慣れた感じで魚を置く。

「よし、次行こう」

「どんどん獲りましょう」

結局二時間も潜り続けて魚獲りをしていた。最初は水が冷たかったのだが、体が慣れてきたようだ。だいぶ獲れたので、そろそろ帰ろうとセイラに伝え、俺たちが魚置き場に向かっている時だった。セイラが俺を摑《つか》んで勢いよく泳ぎだした！

「な！　なん！」

後ろを振り返ると、そこには巨大な何かがいた。セイラの泳ぎでもぐんぐんと近づいてくる。

竜だ！　見た目こっわ！　漁の血の匂《にお》いを嗅《か》ぎつけて近づいてきたのか？　く、食われる!!

俺はある秘策を思いついた。ストロボマーカーライトとシリコンテープを召喚し、水中ビーグルにくっつけて、それを横方向に押し出した。

どうかな？

すると竜が、光を点滅させているビーグルを追い始めた。

「よし！」

そして水中ビーグルがない方が、セイラは速く泳げるようだった。邪魔になっていたらしい。

「はあはあはあ…セイラ、あれ、なに？」

「シーサーペントです」

「シーサーペント？」

俺たちが急いで岸壁に到達し、陸地に上がって魚置き場に向かおうとした時だった。

ザッバァアアン
シーサーペントが、水面から五十メートルも鎌首をもたげて俺たちを睥睨《へいげい》していた。

「ど、どうすんだ？」

「どうしましょう」

よく見るとシーサーペントは、俺が召喚した水中ビーグルをくわえていた。スーッと俺たちの前に首が下りてきて、俺の前にボトリと水中ビーグルを落とした。

「あのう、ラウル様」

「しー！　セイラ！　刺激しちゃいけない！」

「いえラウル様、このシーサーペントはどうやらラウル様に会いに来たようですわ」

「え？　分かるのか？」

「はい。最初は血の匂いを嗅ぎつけてきたのかと勘違いしてましたが、違うようです」

「俺に会いに？」

なぜシーサーペントが俺に会いに来るんだ？　何をしたらいい？　さっぱり分からない。

「あのー、こんにちは！」

そう！　こんな時はまず挨拶《あいさつ》からだ！　あいさつは基本だ！

「クォォ――――――ァ」

おお！　返事してくれた！　良かった！　通じているかどうかは分からないが、挨拶だと認識したんじゃないのか？　俺は大げさな身振り手振りを始める。

「俺は！　あなた様に！　危害を加えることはございません！　ただ！　食べるだけの魚を獲りに来ただけなんです！」

ジェスチャーでシーサーペントに伝える。そう！　こういうのは言葉じゃないんだ！　大丈夫だ！

「クォーォオオン」

すると、シーサーペントは何かを納得したように海に戻っていった。

「た、助かった？」

「そのようですね」

「挨拶しに来たのかな？」

「そこまでは分かりませんが、会いに来たことは間違いございません」

「とにかく魚を持って戻ろう」

「え、えええそうですね。これはどうします？」

「あ、水中ビーグル？　それもう壊れているみたいだから捨ててくよ」

「そうですか。では行きましょうか」

ザッバァアアン!!!

「「えっ!?」」

俺たちが後ろを振り向くと、またシーサーペントが鎌首をもたげて俺たちを睥睨している。

「俺たちはそろそろ帰りますから！　あなた様もお帰り下さい！」

大げさな身振り手振りで伝えてみる。すると俺たちの近くに顔が下りてきて口が開いた。

うわ！　来た！　ん!!　これ俺たち、食われちゃうんじゃねえの??

ボトリボトリボトリ！

食われるかと思った瞬間、シーサーペントの口から大きな魚が三匹も出てきた。

「ん？　これを、くれるのか？」

「クォッォォォン」

どうやらこの魚を俺にくれるようだ。シーサーペントが俺たちにこのマグロのような魚を獲ってきてくれたようだ。だけど…どうやって持っていこう？　一匹三百キロはありそうだぞ。

「分かった！　ありがとう！　俺たちは帰るよ‼」

「カックォォォーン」

「ん？　なんだか寂しそうな雰囲気《ふんいき》の返事だったな」

「そうですね」

「じゃあ、もう少しいるよ！」

「クォォォォォォン！」

どうやらまだいてほしいようだった。だが俺は何故コイツの言っていることが分かるのか？

「セイラ、こいつは俺たちに危害を加えることはなさそうだ。とりあえずこのでっかい魚を運ばなきゃならないし、みんなを連れてきてくれないか？」

「はい」

セイラは俺を置いて、みんなを呼びに戻っていった。さてと、何をしたらいいんだろうか？

俺は酸素ボンベを落とし、ドカッと胡坐《あぐら》をかいてシーサーペントを見る。

「クォォ？」

「何するって？　いやそれは俺のセリフだ。何をしたらいい？」

するとシーサーペントの首が俺の脇に、ズッズズゥーンと横たわった。

「ん？　なに？　頭に乗ればいいの？」

「クォォォォォン！」

俺は再び満タンの酸素ボンベを召喚して背負った。そしてシーサーペントの鱗を足場にし、背中に乗ってみる。手で掴めそうな所があったのでとりあえず掴んでみた。

ズッズズズ
どんどん首が持ち上がって、五十メートルくらいの高さになり、海の方に向かって振り向いて進みだしたと思ったら、ドッパァァァアンと豪快に水中に潜ってしまった。

「おわぁ」

いきなり泳ぎだす。凄《すご》いスピード！　水圧で落っこちそう！　でも楽しい！　速ええ！

シーサーペントとしばらく泳ぎを堪能《たんのう》したら、また元の魚置き場に戻ってきてくれた。

ザッバァアアン
海上に鎌首をもたげると、魚置き場の岸壁には配下たちが武器を持って勢揃いしていた。

「ラ、ラウル様！　大丈夫なのですか!?」

ギレザムが叫んでいる。

「ああ、大丈夫だ。シーサーペント海底ツアーに出かけていただけだよ」

「シーサーペント、か、海底ツアーとはなんです？」

「いいんだ！　いいんだ！　とにかくこいつは俺に敵意はないから大丈夫だよ」

「そうなのですか？」

シーサーペントが皆のところへ首を下ろしてくれた。俺が鼻の頭をなでてやる。

「クォン」

「魚、ありがとうな。また来るからよろしく頼む」

俺がシーサーペントに声をかけると、スゥっと頭が持ち上がっていく。

「クォォォォォォン！」

一声鳴いてからザッバァアアンっと、水中にもぐっていってしまった。それから三百キロはありそうなマグロをラーズが一匹、ミノスが一匹、ギレザムが一匹持ち上げて運び始めた。

みんなも喜ぶだろうなあ、こんなに大漁になるとは思わなかった。マグロに似てるけど味はどうなんだろう？　あいつ、また会えるかな？　再会を楽しみにしつつ帰るのだった。

「脂《あぶら》がのっていて旨《うま》い！」

できれば寿司にして食いたいところだが、この世界には米も醤油《しょうゆ》もない。それでも脂ののったマグロは絶品だった。

「これおいしいわね！」

イオナが感動していた。イオナだけじゃなく、マリアもミーシャもミゼッタも初めて食べたようで驚いている。食堂の席には俺たちの他に、配下もみんな集まって食べていた。

「シロもさ！　めっちゃ気に入ってくれたんだよ。一匹まるまる食ってたし」

するとゴーグが目をキラキラさせて言う。

「それもこれも、ラウル様が使役《しえき》したあいつのおかげですね！」

「使役したのかな？　とにかく俺もびっくりだよ！　な！　セイラ！　食われると思ったもんな」

「ええ、そうでした」

「あいつ、なぜか俺のことが好きみたいだったよ」

俺たちが漁をしていなければ、あいつは近づいてこなかったろう。漁をして良かった。

「もう、ラウルは、本当に心配ばかりかけて」

「本当ですよ。今度の訓練は私も連れていってください。見張らせていただきます！」

「ラウル様、自由を謳歌《おうか》するのも分かりますが少しは自重を」

「ラウル、本当に気を付けてね」

「分かってるよ」

ううむ。べつに遊びでやっているわけじゃないんだけど。また、みんなからのお小言《こごと》。心配してくれるのはありがたいんだが、俺は俺の使命のためにやってるんだけどな。

「まあまあ、ラウル様の遊び心のおかげで、我々はこうして美味《おい》しいものにありつけたわけですし、今後の訓練は集団で動くことにすればよろしいかと思います」

ギレザムがみんなに弁解してくれる。でもなギレザム…これ遊びじゃないから。

「マリアも一緒に何かやったらいいよ」

「えっ！　良いんですか？　ぜひ！」

マリアは滅茶苦茶《めちゃくちゃ》嬉しそうに返事をした。

そういえば、サナリアの森での射撃訓練以降は、訓練などしたことなかったものな。

「格闘ですか？　ラウル様！　私はなんでもござれですよ！」

マリアはやる気だった。しかし戦闘訓練なんかしてたら、縁談が遠のくんじゃないのかね？

「母さん。マリアをゴブリンとの格闘訓練に連れてってもいいかな？」

「いいんじゃない」

話の流れでマリアも戦闘訓練に参加することになってしまった。


次の日、俺とマリアは闘技場にいた。俺の配下たちとゴブリンたちが集まっている。

「みんなにお願いがある」

「「「はい！」」」

「マリアは火魔法が使えるけど、訓練では魔法の使用は封じることにする」

「「「はい！」」」

「マリアは俺のように魔人の血が入っていないから、みんなのような身体能力はない」

「「「はい！」」」

なんだろう？　俺がシーサーペントに乗って海から現れてからというもの、みんなの俺を見る目が違う気がする。めっちゃ尊敬の眼差《まなざ》しを向けられているようで正直やりづらい。

「どうしたんだ？　ギレザム。なんだかやりづらいんだが」

「我らはシーサーペントに乗る人間などはじめて見ました故、そんな方に馴《な》れ馴《な》れしく話しかけて良いものかとの話になったのです」

「いいに決まってる」

「分かりました！　みんな気を緩《ゆる》めてくれ！」

「はい」

困ったな、最近グレイトホワイトベアーに懐かれたり、シーサーペントに乗ったりしてるから、魔人たちの俺のポイントがグーンと上昇している。

「じゃあ、話の続きをするよ」

「「「「は！」」」」

「コホン！　とにかくマリアは普通の人間だ、だが魔法の発動時にかなり集中力があがる。それを維持した戦い方ができないかと考えているんだ」

「魔法の発動時の集中力を維持した戦い方？」

「そうだ。さらに皆のように、魔力で身体強化ができたら良いと思ってる」

普通の人間でも、父のグラムやバルギウスの大隊長のようなバケモノがいる。なにか絶対にからくりがあるはずなんだ。気を使わず魔力で身体強化ができたら、と思う。

「魔力で身体強化できるんですか？」

マリアが興味津々《しんしん》に俺に聞いてくる。

「うーんそれが良く分からないんだ。魔法の発動イメージを使うことで、マリアは驚異的に集中力があがるだろ。あれはある種、魔力での身体強化だと思うんだよ」

「なるほど、たしかに気の冴えが尋常《じんじょう》じゃなくなります」

「ん？　やはりそんな感覚があるのか？　マリア」

「はい、あの長距離狙撃をした時に感じました」

あの二キロメートルの連続スナイプをした時か。たしかにあれは尋常じゃなかった。

「その前に言いたいんだが、俺はおそらく魔人と人間のハイブリッドだ」

「「「「はいぶりっど？？？　とはなんです？？？」」」」

ここにいる全員の頭に？がいっぱい浮かんでしまった。失敬失敬《しっけいしっけい》。

「えっと、魔人の力と人間の魔法が使える種族といったところかな」

ギレザムが頷《うなず》くと、みんなもうんうん頷いていた。分かってくれたらしい。

「俺は騎士のように気を扱えるわけではない、しかし爆発的に身体能力があがる時がある」

「特に召喚した武器を使い、殺し合いをしている時は格段に能力が上がっておられますね」

一緒に戦ったギレザムが言う。

「そうなんだ。前にモーリス先生という人から聞いたんだが、魔人たちの身体能力は体内の魔力が大きく関係しているらしい。魔力の強さが身体能力の強さになるらしいんだよ」

「我らが魔法を使っていると？」

「魔法を使っているわけではないが、魔力で身体能力が向上しているのは間違いないと思う」

「なるほど」

「それが人間と魔人の違いらしいんだ」

ここからは魔人たちと深く接してきた俺の推測になるが、とにかく彼らに分かってもらわねば訓練方法も見つからない。俺も彼らもマリアも初めてのことだから、本当に人間にできるかどうかは分からなかった。とにかく糸口を探し出し取っ掛かりを見つけたい。

「魔力が少ない人間は長い歴史の中で、闘気をまとい身体能力を上げる研究をしてきた」

「はい」

「俺はある種、闘気と魔力は似たものではないかと思うんだ」

「人間の使う闘気と、我々の魔力がですか？」

「ああ」

配下たちはいまいちピンときていない様子だ。もちろん彼らは学んで使っているわけでも、頭で理解して使っているわけでもないからだ。本能で体内の魔力を使っているのだろう。

「大陸の魔獣や魔族が、気を使うとは聞いたことがなかった。しかし、お前たちは気配を感じたりすることができている。俺がこの国で訓練をしてきたから分かったことだ」

魔人が魔力を使うのと人間の闘気は全く別物だ。魔族が全く魔法を使えないのは、使い方を体系的に学んだことがないからだと考えた。ならば身体強化も学ぶことができないだろうか。

「魔人の国ではルゼミア王だけが魔法を使えているよな」

「あの方はそうなるべく、生まれた方ですから」

ギレザムがそう答える。しかし俺は違う答えを出す。

「俺もはっきりとは聞いたことがないんだが、ルゼミア王は人魔大戦の前に生まれたらしい。そしてシャーミリアも屍人《しびと》の魔術を使う。あいつもかなり昔に生まれてるんだよ」

「はい」

「もしかしたら昔の魔人は元来、魔法が使えていたんじゃないかと思うんだ」

「我らの祖先が魔法をですか？」

おそらく長い歴史の中で、魔人は魔法が使えないと、体が覚えてしまったのではないか？

逆に人間は魔力を多く持つ者が少なかったため、気を練《ね》り上げることを覚え遺伝子レベルで向上していったのだと考えたのだ。もちろん人間でも大きい魔力を持つ者はいるだろうけど。

「逆に人間は、膨大《ぼうだい》な魔力を秘めた魔人に勝つために、闘気を練り上げ身にまとうことに成功し、圧倒的不利を覆《くつがえ》したんだと思うんだ」

「ラウル様は、人間のマリアが魔力を身体強化に使える、と考えられているのですね？」

「そうだ。魔力を持っている人間ならそれが可能かもしれないと」

「私にそんなことができるんでしょうか？」

マリアが不安な顔で俺に聞いてくる。それもそうだ。魔力を闘気のようにまとい身体能力を上げるなんて、成功した人間などいない。だが俺は間違いなく魔力を使い身体強化できている。

「分からない」

俺がそう答えると、みんな黙ってしまった。そりゃそうだ、やり方もなにも分からないことをやってみようって言ってるのだから、何から手を付けていいか分からないと思う。

「そりゃ、みんなも黙っちゃうよね？　俺にもできるかは分からないんだ」

「『ではどのように？』」

ギレザムとマリアの声がそろってしまった。だが俺にも答えがあるわけじゃない。

「俺とマリアは昔から、魔法発動のイメージを使って射撃の精度をあげる訓練をしてきた。そしてマリアは俺より射撃の精度が高いんだ。それもとびっきりね」

「そんなことは」

「それが、あるんだよ。俺ではできない長距離狙撃を事もなげにやっている。俺にあんな芸当はとてもじゃないができない」

俺には確信めいたものがあった。マリアはずば抜けてスナイプの精度が高いのだ。

「だから魔法発動のイメージを使った格闘、それができるのがマリアだと思ってる」

「今のところ想像がつきませんが、ラウル様が言うのであればやってみます」

マリアならできるだろう。俺は引き続いて配下に指示を出す。

「ティラと格闘能力の高いゴーグにマリアをまかせたい。どうかな？」

「よく分かりませんが、マリア、よろしくお願いします」

「俺じゃ役に立つか分からないけど」

「とにかく少しでも何かを身につけられるように精進《しょうじん》します」

マリアとティラとゴーグの訓練が決定したのだった。

訓練を始めるにあたって俺は何も言わなかった。俺自身でもよく分からないことに挑戦させているのだ、彼女らが自主的に動いてもらったほうがいい。試しにマリアがティラと組手をしてみるが、基礎もなにもないため全く話にならなかった。そこで、ゴーグにお願いをする。

「ゴーグ、時間がかかるかもしれない。でもマリアには類《たぐい》まれな才能がある。俺の兵器の扱いが飛びぬけて上手《うま》い、必ず格闘術にも活《い》かせるようになると思う」

「基本から教えてみますよ。と言っても俺もギレザムとガザム、ミノスから教えてもらった武技と、独自に考えた体術だからどうなるか分からないですが」

「いいんだ。初めはなかなか進まなくて嫌になるときもあるかもしれない、でもマリアは俺を信じてやってみてほしいんだ」

「嫌になどなりません。おとなしくしているのに飽《あ》き飽《あ》きしてたのですよ」

「それならよかったよ」

マリアを起点に魔人にも変化がおこることを期待しつつ、俺は闘技場を後にするのだった。

さてと。ここからは俺の時間だ。まずはモフモフのシロのところに行く。

「よう！　シロ、いい子にしてるか？」

シロには専用の小屋を建ててもらった。かなりしっかりした作りで、藁《わら》をしいたふかふかのベッドもある。普段イオナがシロを洗ってあげたり掃除《そうじ》をしたりしている。

「あら、ラウル。どうしたの？」

小屋の中にはイオナがいた。動物好きのイオナはとにかく嬉しそうだった。

「ごめん、本当は拾ってきた俺がやらなきゃならないのに、お願いしちゃって」

「いいのよ。ラウルは忙しいのだし、私は退屈だから仕事ができて良かったわ」

「シロは言うことを聞くかい？」

「ええ、戯《たわむ》れるときには力も加減してくれてるみたいよ。とてもやさしいわ」

「よかった。シロもよかったな！」

「クォォン」

シロが喜んでいる。

「よしよし」

俺がシロにモフモフしているのを見て、イオナがうんうん頷《うなず》いていた。

「母さん、シロを連れ出しても良いかな？」

「いいわよ、ちょうど小屋を掃除しようかなと思ってたところだから」

イオナは生き生きと仕事をしていた。四六時中、アウロラの育児ばかりしていたら息がつまるだろう。母親には息抜きが必要だと思っている。だからイオナにこの仕事を頼んだのだ。

「じゃ！」

俺はシロを連れて城の中を歩いていく。目当ての部屋までノソノソとシロがついてくる。

ガチャ

目当ての部屋のドアを開けると、タタタタっとアウロラが駆け寄ってきた。

「ニタン！」

「おお!!　アウロラ、いい子にしてたか？」

「した！」

アウロラが俺に抱きついてきた。俺のことを兄《ニタン》として慕《した》ってくれているようで、俺にとってはめっちゃくちゃ癒《いや》しの存在になっていた。

「ミーシャ！　ミゼッタ！　アウロラの相手してくれてありがとうな」

「いえいえ、私たちも楽しいです。アウロラちゃんもお姉ちゃんたちと遊ぶの楽しいよね」

「ん！」

アウロラは二歳となり行動範囲が広がった。よちよちといろんなところに行きたがるそうだ。

「今日もシロを連れてきたよ」

「ワー」

シロがのそりと部屋に入ってくると、トタトタとアウロラが駆け寄っていく。

ボフッ
モッフモフの毛に、アウロラが半分隠れるくらいうずまった。するとシロが床にべたぁーっと伏せをした。俺がアウロラをひょいっと抱いてシロに乗せてやる。

「わーい」

シロがのっそりと立ち上がり、アウロラを連れていく。

「じゃあ、ミーシャ！　ミゼッタ！　アウロラを連れていくよ。すぐに帰ってくるから」

「分かりました。アウロラちゃん、いってらっしゃい」

「いってらっしゃい」

ミゼッタも十一歳となりすっかり大きくなり、女の子の雰囲気《ふんいき》が強くなってきた。俺の方が魔人の血のおかげで成長が早いが、彼女もだんだんと大人の階段を上っているんだなと思う。可愛《かわい》らしさに磨《みが》きがかかっているようだ。食事の時に配下が集まれば、必ずゴーグの席の隣に座って世話を焼いているのがほほえましい。

「じゃ、いってくる」

「くるー」

俺たちは城の散策に出かける。廊下《ろうか》を歩いていると、魔人たちが頭を下げてくる。よくよく考えたら、俺はルゼミア王の義理の息子で王子なのだから当たり前のことだ。蜘蛛《くも》の体に、人間の女の上半身が生えている魔人が、ほほえましく挨拶《あいさつ》をしてくれる。

「アルガルド様。お元気そうでなによりでございます」

「ごきげんよう、カララ」

「バーバイ」

俺とアウロラがアラクネの魔人に挨拶をすると、カララがニッコリ笑って手を振ってくれる。

そこで俺はまた思う、やはり環境なのだ。もし大陸でこのアラクネという魔人に出会ったら、人間は一目散に逃げなければならない。からめとられて餌《えさ》にされるし、滅茶苦茶《めちゃくちゃ》強いのだ。昔はアラクネを見つければ、国をあげて討伐隊《とうばつたい》が組まれたらしい。モーリス先生に聞いた話では、五百年前に見つかったのが最後だったらしく、一つの都市が滅びそうになったのだとか。

「アッチ！」

「お、よしよし。アッチいってみようか」

　この城は、あちこちに無骨な石像が置いてあるのが印象的だ。アウロラを乗せて歩いていく。

「わー」「キャッキャ」「まてー」「ワーん」

　奥から騒がしい子供の声が聞こえてきた。俺はアウロラを連れてそちらに向かう。両開きの扉をくぐると、そこには魔人の子供たちがいた。なんと、魔人の国には託児所があるのだ。

「こんにちは」

「あら？　アルガルド様ようこそ。アウロラちゃんも元気ね」

「エキドナさん。アウロラを遊ばせたいんだけどいいかな？」

「はい、それではゴブリンの子供たちの部屋にいきましょうか」

「ありがとう」

　力の弱いゴブリンの子供たちと一緒に遊ばせてくれるようだ。

「ニタン？」

　アウロラが見上げて俺に遊んでいいのか？　という顔をするので、「いいよ」と言うと、喜んでゴブリンの子供たちの中に入っていく。

「邪魔するね」

「子供たちも喜びますよ」

エキドナは、上半身はとても美しい女性だが下半身が蛇、そして背中に翼が生えている魔人だ。ものすごい子沢山《こだくさん》らしいので、子育ては得意なのだそうだ。

「じゃあ、俺もここにいさせてもらうよ」

俺はゴブリンの子供たちと遊ぶアウロラを眺めていた。いつまで眺めていても飽きない。俺の妹がこんなに可愛いなんて、思ってもみなかった。

「そりゃそうだよな、イオナの娘だもんな」

俺は一人つぶやいた。シロは俺の脇でベタンと伏せをして眠り始めた。

「ニタン！」

三時間ほど遊んだらお腹が空《す》いたらしく、アウロラは俺の元にやって来て、当たり前のようにシロの背中に乗った。

「エキドナさんありがとね、アウロラは母さんの所に連れていくよ」

「また、いつでも来てください」

託児所を出た俺たちは再び歩き出す。すると三人の女の魔人たちが立ち話をしていた。ひとりは顔から胸までが人間の女で、翼と下半身が鳥の魔人だ。名をルピアといった。鳥の魔人ルピアは俺の命の恩人の妹だ。姉は、グラドラム戦で俺の怪我《けが》を吸い取って死んだのだった。

「アルガルド様！　こんにちは！」

「ルピア、今日も元気そうだね！」

「アルガルド様もアウロラちゃんもお元気そうで」

「ルーピ！」

アウロラがルピアに手を振ると、にこやかにルピアも手を振ってくれた。これは、俺がやっている城の中でのロビー活動みたいなもんだ。城の中をまわってアウロラの顔を売っている。

「アウロラ、楽しいか？」

「うん」

「そかそか」

アウロラの頭を撫《な》でてやる。以前この国に来たばかりのころ、ルゼミア王は国を俺に譲《ゆず》ると言ってきた。しかし、いきなり俺が王だと言われても、納得しないやつがいるかもしれない。ましてやアウロラは血の繋《つな》がりがない妹だ。魔人とは縁もゆかりもないただの人間。そんな人間の子が普通に受け入れられるとは思えなかった。

「シロ、アウロラをよろしく頼むぞ」

「ウォン」

シロが返事を返してくる。アウロラを、グレイトホワイトベアーに乗せて引きずり回すのには意味があった。強い魔獣を使役《しえき》しているという印象操作のためだ。

「母さん戻ったよ！」

「こちらも終わったところよ」

「ママ！」

「はいはい、お兄ちゃんとどこに行ってきたのかなぁ？」

「アソビしたの」

「遊んでもらったの。よかったわね」

イオナは微笑《ほほえ》みながらアウロラを抱き上げた。

「じゃあそろそろお昼だから、食堂に集まってね」

そう言って俺は小屋を後にした。そのままキッチンへとむかう。

「みんなご飯の準備してるところごめんね」

「アルガルド様！　このような場所に何用で？」

「ごめん、仕事を続けてくれ」

「は、はい」

キッチンでは沢山の魔人が、食事の用意をしていた。

「みんな人間の料理は覚えたかい？」

「はい。マリアとミーシャとミゼッタがいろいろ教えてくれるから、助かってます」

「この前、皆が作ってくれた魚のパイはルゼミア陛下も喜んでいたよ！」

「ほんとですか！」「やったぁ！」「美味《おい》しいもんなあ、あれ」

よしよし、魔人たちもやる気が出たみたいだな。

「次は、カボチャのグラタンをミーシャに聞いて作ってみてくれ」

「聞いたことないですねえ」

魔人たちはそれぞれに頭をひねっていた。そこにミーシャとミゼッタが入ってくる。

「あ、ラウル様」

「ラウル？」

「あ、ちょうどよかった。妖精たちにカボチャグラタンを教えてあげてほしいんだ」

「分かりました」

「陛下も楽しみにしてるよ」

俺がそう言うと、魔人たちがミーシャとミゼッタに群がった。

「え！　ルゼミア王が？」「ミーシャ教えて！」「ミゼッタ！　私も手伝いたい！」

頼りにされればそれだけ彼女らの優先順位もあがるはずだ。魔人たちから人間たちの有用性を感じ取ってもらい、彼女らの居場所を作っていこうと考えている。俺の日課は、大陸から一緒に来た人間たちが魔人国で生きていくための、存在意義をあげることだった。そして時間を見ながら自分の身体強化と戦闘訓練、そして魔人とのチームワーク向上や戦略の立案に取り組んでいる。考えた戦略の戦術への落とし込みをしていた。大変だが超楽しかった。

俺はその夜、時間を作ってシャーミリアの所に来ていた。

「シャーミリア。どうだ？　魔人たちの人間たちに対する心象は？」

「はい、かなりの好印象でございます」

「そうか、生の声が聞けたら、なお嬉しいんだけどな」

「生の声でございますか？」

「ああ。逆にさ、魔人から人間への不満はないか？　人間から他にしてほしいことはないか？　一緒にできることはないか？　そんなことを知りたいんだ」

「かしこまりました。では時を見てさりげなく、お夜食などを食べながら話せる機会を設けさせていただきます」

いまではすっかりシャーミリアは俺の秘書になっていた。マキーナはヒアリング担当として、各方面からの情報収集に励《はげ》んでいる。

「魔人たちへの武器の使用方法も、会合を開いて話したいんだが、どうなってるかな？」

「はい、参加意志のあるものには全て、日時と場所を伝えております」

「分かった。標的にするべき対象物の用意はできてる？」

「土人形でございますね。ドワーフたちに準備させております。当日の二日前までには間に合わせるとのことでした。ご主人様の試験も兼ねて調整もできるかと思われます」

俺が伝えていたことは、おおむねシャーミリアたちが調整してくれたようだ。

「それとグラドラムへの『視察』の件、同行者の選出はいかがなさいましょう？」

「ああ、それはバランスを考えてお前が調整してくれ。人間はマリアだけを連れていく」

「承知いたしました」

そう答えると、シャーミリアは部屋の陰の方に下がって消えた。彼女とはだいぶツーカーの仲になってしまった。意識の共有がかかっているため彼女には伝達が早い。

さてと…そろそろ鍛錬して風呂入って寝るか。

俺は寝る前に、必ずトレーニングをしてから風呂に入るのをルーティンにしていた。休みなく毎日続けている。トレーニングの相手は毎日変えていた、今日はミノスが相手だった。ミノスは頭が牛の強靭《きょうじん》な肉体を持つ魔人だ。スピードとパワーどれをとってもハンパない。闘技場に向かって歩いていくと、マリアが廊下《ろうか》の途中で待っていた。

「ラウル様！　よろしければ私も、ミノスとの鍛錬を見させていただいていいですか？」

「それならば見てるだけじゃなく、二人で相手してもらおうか？」

「良いのですか？」

「やろう」

二人で闘技場に入ると、ミノスが中央に立って待っており傍《かたわ》らにはギレザムもいた。

「待たせたね」

「いえ、待ってなどおりません。ラウル様のご成長をぜひ見せてください！」

「えーっと、今日はマリアと一緒に相手してもらいたいんだけどいいかな？」

「かまいません」

ミノスは斧《おの》ではなく長い木の棒を持っていた。逆に俺たちは真剣を持っている。そうでもしなければ全く相手にならないのだ。

「マリアも組手は久しぶりだよね」

「ええ、二人で訓練なんてサナリア以来ですね」

俺たちが、ミノスと向き合って構える。

「どこからでもいいですよ」

ミノスの合図で、俺たちが二人同時に左右から斬りかかると、ミノスがスッとひいて軽く二人の剣をかわす。そのまま俺はマリアと体をくっつけるようにし、二人で支え合うように体を止めて、二人で突きの連撃を上下に分けて繰り出す。ミノスは棒で上を突いた俺の剣を受け流し、下の剣はダン！　という音とともに踏み落とされた。俺はそらされた突きの方向に逆らわずに、円を描いてコマのように回り剣を振りぬく。先にはマリアの背中があったが、彼女が直角に腰を折るようにしてその剣をかわすと、ミノスの顔前に剣が迫った。

「おぅっ！」

ミノスが意表を突かれたように後ろに下がった。すると剣から足を外されたマリアが、下から上に円を描いて斬りあげる。ミノスはその巨体に似合わず、素早く反対方向に飛んで逃げる。そこに俺がさらに蹴《け》りを繰り出していた。

トン！

蹴りはミノスの肘で軽々と受けられてしまった。体重のない俺の渾身《こんしん》の蹴りなど、蚊がさしたほどにも感じないようだ。ミノスは腕を振るって、ブン！　と俺を吹き飛ばした。だが俺が倒れそうになったところに、マリアが上から手を差し伸ばして、俺がその手を握る。マリアが自分を中心に振り回すように、ミノスの前に俺を振り戻した。マリアはそのまま倒れ込んだが、反動で俺がコマのように回りミノスの脇から剣を振るう。

カン！

棒で俺の剣が受け流されるが、また下から寝ているマリアが剣を突き上げた。しかし喉元《のどもと》に向けた剣先は、ミノスのスウェイによってかわされる。だが、それによりミノスがほんの少しバランスを崩したので、俺がそのまま体当たりをくらわせた。

ガシ！

安定したミノスの下半身はハンパなかった。俺はがっちり動きを止められる。だがミノスの動きはそれによって止まった！　そこにマリアが上段から、頭のてっぺんへ剣を振り下ろした。

パキァッ！

ミノスが棒で受け流し剣をそらしたが、その棒は斜めに切れた。とっさに棒を離したミノスが、マリアの手首を狙って軽く手刀を入れると、たまらずマリアは剣を手放してしまった。ミノスは反対側の手で、俺の剣を持つ腕を握り締める。動かそうとしてもびくともしなかった。

「ま…まいりました！」

俺が言うとミノスは手を離した。俺は手首を持ってフルフルと振る。

「ラウル様！　素晴らしいです！　マリアとの連携をいつ練習していたのですか？」

ミノスが聞いてきた。俺は素直に答える。

「練習はしてないよ。昔、俺とマリアは何年も二人で森で訓練をしていたんだよ。その時に俺たちが二人で攻撃する練習ばかりしていたから、その時の名残《なごり》かな」

「ラウル様との訓練は久しぶりで不安でしたが、昔と変わらない動きができてうれしかったです。銃と剣では勝手が違いますね！　でも割とうまくいった気がします！」

ミノスだけじゃなくギレザムも驚いたように言う。

「我も初めて、お二人の連携での剣技を見ました。とても初めての剣の連携とは思えません」

ギレザムもミノスも、とても楽しそうだった。俺とマリアの成長がうれしいようで、ワクワクしているのが伝わってくる。それから俺たちは三時間ほどしっかりと汗を流すのだった。

「ミノス、ありがとう！」

「私も楽しかったですよ。お二人とも素晴らしい連携でした」

「我もまさかこれほどとは思いませんでした。素晴らしかったです」

ミノスとギレザムから賛辞の言葉をもらう。

そして俺とマリアは闘技場を出て、二人で今日の訓練のあれこれを話しながら歩いている。

「懐かしい感じがしました」

「俺もだ。楽しかったな！」

「そうですね、ファングラビットを追いかけまわしていた、サナリアの森を思い出しました」

「うん、俺もだ」

「あの時は、こんなことになるとは思いもしませんでした」

「そうだな…」

二人でサナリアでのことを思い出しながら歩く。

「平和なあの頃に戻りたいな」

「ええ、戻りたいです」

二人はただ前を向いて歩いていた。懐かしいサナリアの道を歩くように。

「ラウル様」

「ん？」

俺を呼び止めて、マリアが後ろから抱きしめてきた。

「不敬《ふけい》をお許しください。私たちをここまで守り続けて下さってありがとうございます」

「マリア？」

マリアはどうやら泣いているようだった。ただ黙って俺を抱きしめていた。

「私はラウル様が好きなのです」

「！」

俺は絶句してしまった。マリアは俺の乳母代わりの人だ。言われた『好き』が変なニュアンスだったので、身内として好きなのか、異性として好きなのかが分からなかった。

「俺も大好きだよ」

そう答えてみると、マリアはさらにきつく抱きついてきた。

「ありがとうございます」

「じ、じゃあお風呂に入ってくるよ」

「はい、ではお先にどうぞ」

えっと、どっちだ？　どっちなんだ？　とにかくだ！　このことは秘密にしよう、誰にも言えない。

ザップーン！

俺は邪念を振り払うように風呂に飛び込んだのだった。


地下基地二階層目はダークエルフのテリトリーだった。ダークエルフの大隊長はウルド、副隊長はダラムバという。エルフは浅黒い肌をもち、耳はエルフのように尖っていた。だれもが均整がとれた顔つきでイケメンしかいない。若いように見えるが物凄《ものすご》く年をとっているらしい。

「アルガルド様。ウルドです」

「アルガルドだ。よろしく」

「こちらこそよろしくお願いいたします」

「俺がルゼミア王の子供だからといって、手加減しないでくれ。鍛えたことにならん」

「承知いたしました。しかしお怪我《けが》をなされてしまってはまずいです」

「いいんだ、多少の怪我は陛下が治してくれる手はずになっている」

「心してかかります」

「あの、聞いてもいいかい？」

「はい」

「ダークエルフはエルフとはどのあたりが違うんだい？」

するとウルドはニンマリと怖い笑みを浮かべて言った。

「あんな青っ白いもやしと我々では、比べ物になりませんよ！　やつらは多少精霊が使えるようですが、我々の身体能力や武技には遠く及びません」

「そうか、頼もしいな」

「エルフとの違いを教えて差し上げましょう」

うーむ…なんか変な地雷を踏んだ気がするが、フラグか？　どうしよう？　先に謝っちゃうか。でもこれは訓練だ、グッと我慢をして謝るのは止めよう。

「では何をする？」

「はい、力量を見せていただきたいので、組手をよろしいですか？」

「やろう」

組手を始めてすぐに分かった。ゴブリンとは桁《けた》が違う。当たり前だがゴブリンに比べてパワーが段違いなのだ。ミノスやラーズ、そしてギレザムたちと比べればパワーは落ちるが、それでも人間とは比較にならないほどの力がある。そしてさらに注視するべきはそのスピードである。ゴブリンよりはるかに速い。ゴブリンの隊長たちは緩急《かんきゅう》の錯覚《さっかく》で速く見せていたが、ダークエルフは単純に速いのだ。体のバネがすごい。

「ま、まいった」

「す、すみません…エルフとの違いをお見せするのに力が入りすぎました」

「いや、いいんだ！　そうでなければ駄目なんだよ」

だが、ミノスやギレザム、ガザム、ゴーグほどの強さはない。逆に俺に丁度《ちょうど》いい…とまでは言わないが、それでも手が届きそうな何かを感じることができた。

「では何かしたいことはありますか？」

「得意な武器とかはあるの？」

「剣と弓でしょうか？」

「戦うときは両方？」

「ええ、どちらもいる混合部隊となります」

ダークエルフはチーム戦をするんだ！　なら俺は彼らの一員となって戦いを覚える方がいいな。

「じゃあ俺は、皆に混ざって訓練をさせてほしい」

「分かりました。では我々の仕事である狩りを一緒にされてはいかがでしょう」

「おお狩りか！　願ったりかなったりだよ！　シロの餌《えさ》がいるんだ！」

「では早速今日からまいりましょう」


俺は魔人国の南東に位置する山脈に、ダークエルフと共にいた。この山脈は魔人国の一番南東にあり、深い森林地帯となっている。俺も弓と槍を渡され、ダークエルフと同じ装備で来ている。ダークエルフの強弓は、普通の人間にはひくこともできないそうだ。もう季節は春になっていたが、魔人国は大陸の冬くらい寒い。しかし吹雪《ふぶ》くこともなく、活動はしやすかった。

「狩りかぁ、ファングラビットを狩っていた経験があるから少しは役にたつかな？」

俺たちが狩りに来たのはビッグホーンディアという魔獣だ。体長が五メートルくらいあり尖った大きいツノを持つ鹿だ。気をつけなければ、ツノで体に穴をあけられてしまうらしい。今日の目標は五匹だと伝えられている。ウルドが俺に手を上げて、前方を指さす。

ん？　なにもいないけど？　気配はするかな？　しかし視界に入らない、どこだ？

左側の木の上を、ダークエルフたちが猿のように移動していく。ビッグホーンディアの後ろに回り込むつもりらしい。あっというまにダークエルフたちが視界から消えていく。

しばらくするとピー!!　と口笛が鳴らされた。

ドドドドドドドドドドドドドドドドド
奥から数匹のでっかいビッグホーンディアが、こちらに向かって走ってきた。仲間のダークエルフから強弓が放たれて、矢がビッグホーンディアに向かって飛んでいく。俺も矢をひいてみるが、ビッグホーンディアのずいぶん手前に落ちてしまった。弓を引く力が足りないのだ。検証どおり。召喚武器を使っていない時の俺は人間並の力しか出ない。

ズシュ！　ドスッ！

頭にあたった矢は刺さることなくはじかれ、首に刺さるも致命傷にならない。数本が首に深く刺さり一匹のビッグホーンディアが、矢を振り払うように暴れ始める。

なるほど、ダークエルフの弓矢は精度が悪いみたいだな。パワーがあるから当たり所が良ければ深く刺さるみたいだが、もっと効果的に仕留められそうだ。

「いけ！」

ダークエルフが数人、暴れているビッグホーンディアに槍を構えて突撃し、周りを囲んでビッグホーンディアを突き始めた。ビッグホーンディアもツノで周りのダークエルフを突こうとするが、その素早さに全く掠《かす》りもしない。徐々にビッグホーンディアの力が失われていった。

ドゥウンン！

ビッグホーンディアが倒れ込み力なく叫んで、そのまま動かなくなってしまった。ウルドが剣で動脈を断ってトドメをさす。まだ心臓が動いていたため、勢いよく血が抜けていく。

「アルガルド様！　お怪我はありませんか？」

「いや、俺は何もしてないよ」

「これがビッグホーンディアの狩りです」

俺とウルドが話してる間にも、ビッグホーンディアの腹が裂かれ内臓が取り出される。腹が空《から》っぽにされた死体に雪がかけられた。かまくらのように雪が積みあがる。

「これは何をしてるんだい？」

「血抜きと内臓を取り出し、肉を冷やします」

「そうなんだ、すぐにやってしまうんだな？」

「こうすれば肉も臭《くさ》くなくなりますし、他の魔獣を寄せ付けません」

「だからこんなに手早くするんだ」

「そうです」

素早くビッグホーンディアを処理してしまったが、俺は処理の手伝いもできなかった。

「俺も役に立ちたいな。ただ弓がひけないいんだよ」

「それでは、こうしましょう」

ピュイ！　とウルドは口笛を鳴らした。するとまもなく体の小さいダークエルフが来た。

「はい」

小さいダークエルフが返事をする。

「マリス、悪いがお前の弓をアルガルド様に貸してくれ」

「分かりました」

俺は小さめの弓をマリスから受け取った。

「いいのか？」

マリスに聞くと、ただコクリと頷《うなず》いた。そして背中から同じような弓を取り出す。どうやら予備の弓を持っていたようだった。

「マリスはまだ子供ですが、今年から狩りに参加するようになったのです」

「マリス、アルガルドだ。よろしくな」

「はい」

小さい弓は俺でも十分にひくことができた。おそらく威力は弱いだろうが、威嚇《いかく》くらいには使えるかもしれない。まずは訓練の一環としてこれを使ってやってみようと思う。ウルドが手を上げて合図を送ると、また木の上の部隊が奥へと進んでいく。

ドドドドドド

また奥から二匹のビッグホーンディアが走ってきた。

「今度こそ！」

矢をひいて待ち構える。今度は魔法の発動イメージを使って狙ってみることにする。頭や体には俺の矢は通らないだろう。ならば！

ズド！　ジュシャ！

ダークエルフの矢に混ざって、一匹の目に俺の矢が直撃した。

「グオォオォォ」

振り払うように暴れだす。逃げようとするところにダークエルフの矢が刺さっていく。

「行くぞ！」

十人のダークエルフが槍を構えて、ビッグホーンディアに近づいていく。俺も一緒に近づいてみたが、デカいし滅茶苦茶《めちゃくちゃ》迫力があって怖い！

「アルガルド様、ツノと後ろ脚に注意してください！」

「おう！」

俺もダークエルフに混ざって、ビッグホーンディアに槍を突き刺す。しかし俺の槍は、ビッグホーンディアの毛皮を貫くことができなかった。

ち、力ねぇ！　俺！

ドオオオオン
ビッグホーンディアが倒れて動かなくなった。ウルドが剣で動脈を斬って血抜きをする。皆で腹を裂いて内臓を出し、死体を雪に埋めた。俺も一緒に心臓と肝臓以外の内臓を土に埋める。

「なるほどな」

狩猟は毎回命がけのようだ。特に暴れるビッグホーンディアの体力を削る、槍での攻撃が危ない。ダークエルフの俊敏性があるから可能な狩猟だ。おそらくこの大きさの魔獣では、前世の麻酔銃も効きが悪いだろうから、毎回効率よく狩るならこの方法しかなさそうだ。

「アルガルド様、狩猟はいかがですか？」

「ああ、楽しいよ。でも危険なんだな」

「ええ、我々もこの狩猟でだいぶ鍛えられています、もちろん死ぬ場合もあります」

「それなら俺も十分注意してことにあたるよ。これから毎回参加させてもらう」

「は！」

彼らの一員として役立つ動きができるまで続けようと思う。

「ひとまず筋力が足りないか」

俺は己の非力さを克服するために、起床してすぐにランニングと筋トレをすることにした。

ダークエルフとの狩り、セイラと漁の日以外は、ルーティンにほぼ変化がない。配下と乱取り、城内巡回、戦闘訓練と正直過密スケジュールなのだが、毎日がめっちゃ楽しかった。

「欲張りすぎだろうか？」

俺はぽつりとつぶやいた。前世ではサラリーマンをやっていたのだが、サバイバルゲームのために、朝晩はランニングと筋トレを欠かさなかった。休日ともなれば全てサバゲに時間を使っていた。休みというものはそういうものだった。この世界に来て、毎日がサバゲをやっているようなものだ。言ってみれば、今の生活は俺にとっては毎日が休日だった。とにかく体力があり余っているし、最近は滅茶苦茶大量に飯を食うようになってきた。三カ月が過ぎた頃、だいぶ体は鍛え上げられてきたように思える。目に見えて筋肉の量が増えていくのだった。

第三話　兵器訓練

ある日、俺はマリアと一緒に、闘技場に向かって廊下《ろうか》を歩いていた。闘技場へと到着すると、中から大勢の話し声が聞こえる。そのまま俺が中に入ると話し声が止まった。これから魔人たちに対し、大陸侵攻へと向かうための演説をすることになっているのだった。

緊張するなぁ…というか、想定していたより人数が多い。いったい何人いるんだろうか？

中央付近にシャーミリアたちが待っているのでそこに歩いていく。

「シャーミリア！　ご苦労様」

「ありがとうございます。私奴《わたくしめ》に労《ねぎら》いの言葉など不要にございます」

有能な秘書なんだけど謙虚すぎる。

「ところで何人集まったんだ？」

「百十九名です」

「ずいぶん集まったな。ちょっと聞いていいか？」

「はい」

「ゴブリン、ダークエルフ、オーク、スプリガン、オーガ、竜人、ライカン、ミノタウロスの隊長がいるということは、ルゼミア王配下の階層ごとの種族が全て集まったということか？」

「はい、精鋭だけが集まっております。また、セイレーンやハルピュイア、サキュバスに兵士はおりませんし、スライムとアラクネにも兵士はおりませんが参加させております」

「アラクネとかスライムは、軍隊に含まれてないのかい？」

「はい。軍隊には含まれておりません。アラクネの子供たちの数は多いかと思われますが、魔人ではなく魔獣に該当《がいとう》します。スライムは唯一知能を持っているのがルフラで、通常のスライムも魔獣ですので言葉を話したり理解をいたしません。ハルピュイアとサキュバス、セイレーンも数は少ないのです」

じゃあスライムとアラクネで知能を持っているのは、ルフラとカララしかいないってことか。水に強いセイレーンと、航空戦力となるハルピュイアやサキュバスは、おそらく魔人軍団の虎の子となるだろう。特に精神を操るサキュバスは。政治的な心理戦や情報戦を仕掛けるには強大な戦力だ、国交が活発になったら絶対的な力を発揮してくれそうだ。

「ドワーフに隊はないのか？」

「はい、ドワーフは物づくりの達人ゆえ、戦場に出ることはありません」

「俺の武器のメンテナンスをしたり、製造技術向上に役立ててもらいたいんだが」

「はい。それではそちらの件も手配しておきましょう」

シャーミリアが、ドワーフとの話し合いの場を設けてくれるらしい。とりあえずそれは後日。

「じゃあ始めようかな」

俺はみんなの前の方に進んで振り返った。とりあえず前世のプレゼンといえば、りんごマークの会社のあの人だ、あれをイメージしてやってみよう。

「こんな夜に集まってくれてありがとう」

身振り手振りを交えて話しはじめる。みんなシーンと静まり返って次の言葉を待っていた。

「ルゼミア王から聞いていると思うが、俺は王の息子となった。俺はガルドジンの血をひいているが、人間程度の力しかない。だが俺は皆を強化する力を持っている！　皆を強化する兵器を召喚することができるんだ。それが銃というものだ。剣や槍、弓矢などとは比較にならない破壊力を持つ。明日はそれを使って訓練しようと思っている！」

「「「「はっ！」」」」

百十九名が一斉に返事をし闘技場が地鳴りをあげる。これがルゼミア王の統率力なのだろう。

「そして、これから先の戦いは、おそらく今までの戦い方とは違うやり方になる。これからみんなに訓練をしてもらう戦い方っていうのは、極力死なない戦い方だ」

「極力死なない戦い方？」「どういうことでしょう？」「戦いに死はつきものでは？」

魔人たちが、ザワザワと騒ぐ。

「アルガルド様が話されておられる！　お静かになされよ！」

シャーミリアがピリッと皆を鎮めさせる。

「俺が、この国に来るまで魔人と一緒に戦ってきて分かったんだが、魔人は皆が自分を犠牲にして戦いすぎるんだ」

「お言葉ですが！　ラウル様、それは当たり前では？」

一番の部下であるギレザムが口をはさんできた。よしよし打ち合わせ通りだ！

シャーミリアも打ち合わせ通りなので、ギレザムが騒いでも黙っている。

「あーそうだね。ギレザムは俺を守るために命をかけたっけな。確かにそれをしなくても良いってことじゃないんだ。軍隊が国や本部を守るのは当然のことだからね。それでも死なないってことが大事なことなんだよ」

また魔人たちが静かになって聞き耳を立てる。

「みんなの武器は近接戦闘が主体となったものだ。剣に槍、斧《おの》、かぎ爪、噛《か》みつき、殴打《おうだ》などほぼ肉弾戦をメインとした戦い方だよな。唯一竜人が炎を吐くけど、それも遠距離に飛ばすことができずに射出速度も遅い。どうしても自分の身を相手の攻撃範囲にさらすことになるんだ」

「お言葉でございますが！　我々は魔法が使えませんのでそれは当たり前のことです!?」

ガザムが俺にそんなことも知らんのか？　っといった風にツッコミの演技をする。ガザムも演技がうまいなあ、前はこんなキャラじゃなかったのに。

「そこでだ！　俺が召喚する武器で、安全圏から戦う方法を教えていこうと思う」

「ええーっ！　そんなことが！　できるんですかぁ？　できるんだったらすごいなぁ！」

おいおい！　ゴーグ！　お前！　演技下手《へた》すぎんだろが！

「コホン。それでだ！　近寄らずとも相手を殺害する方法を今日から教えていく！」

「それは、武人として卑怯《ひきょう》というものではないのですかな？」

ミノスがうまく合いの手を入れてくる。ああ、こいつもなかなかの役者だ。

「いや！　卑怯などではない！　そもそも人間は罠《わな》を使い、時には拷問《ごうもん》をすることだってある。人間の軍隊は統率《とうそつ》がとれており、無秩序に動く魔人たちよりもかなり強いんだ」

「そんなに強いのか…」「魔人は人間とは相まみえないというが…」「そもそも人間はなぜ我らの仲間を殺すんだ？」「やはり身をさらさねば勝てないのでは？」

魔人たちがざわついている。今まで人間と戦争などしたことないので想像がつかないのだ。

そうだよな。いままで魔人同士での戦いしかしたことなかったんだもんな。魔人の国に住んでたらそんなこと知らないよなあ。事前にシャーミリアに調査してもらったら、二千年前の人魔大戦の前に生まれた者は、ルゼミア王、シャーミリア、アラクネのカララ、託児所のエキドナの四人しかいないそうだ。そして彼女らは人間のことを魔人たちには語らない。

「お静かに」

シャーミリアがまた魔人たちを鎮めた。

「そのとおりだ。いま俺たちは魔人国に生きているが、しかし魔人は昔大陸にいたんだよ。大陸に残った魔人の子孫たちってのがいるんだが、彼らはその生活を人間に脅《おびや》かされている」

「大陸に住む仲間が…」

セイラが言葉をつまらせながら言う。よし！　主演女優賞はセイラに決定しよう。

「まったく！　許せませんな！」

ラーズが俺の言葉を肯定するように、力強く言い放つ。なんか俺の配下たちは適応力が高いというか、イオナに頼んでいた演技指導だったが、イオナはどんな風に彼らに仕込んだんだろう？　カリスマ性を発揮し続けているイオナに、尊敬と不安を感じたりする。

「だから魔人国はこれから時間をかけて、グラドラム以外の人間の国とも国交を深めていこうと思う。それに先駆け、俺はルゼミア王から、特別大使として任命された。それについて異議のある者があれば言ってくれ」

どうかな？　まあ茶番かもしれないが、魔人のみんなはのってきてくれるのか？

――ドキドキ。

すると、ミノタウロスの隊長のタロスが言う。

「ルゼミア王のお墨付き《すみつ》きであれば是非もない。仲間を救いたい気持ちは皆、変わりません」

タロスの言葉を受けてライカンの隊長のマーグが言う。

「まったくそのとおりです。この世では皆が平等に生きる権利があると、ルゼミア王も教えてくださいました。大陸の仲間たちにも平等に生きる権利がある！」

すると口々に皆が話し出した。

「助けるべきだ！」「解放してやらねば！」「方法はあるのか？」「一気に攻め込むのは？」

よし！　のってきた。

「みんなありがとう！　そうだよね！　大陸の魔人たちにも生きる権利があるよね！　でも一気にやるのはよしておこう。まずは人間がどんな戦力を持っているのかを知る必要がある。特にみんなは魔法をほとんど知らないよな？」

「どうやって人間を知りましょう？」

サキュバスのアナミスが合いの手をいれる。

「人間の大陸に潜入して調査を始めようと思う。すでに俺はルゼミア王の特別大使として任命されているからね。ある程度の人選は決まっているんだが、本土の防衛の要《かなめ》である隊長格が抜けてはいけない。シャーミリアがある程度の人物を選出しているので協力してほしい」

「「「は！」」」

「では発表する！」

するとシャーミリアが俺に紙を渡してくる。

「まずは俺の配下からギレザム、ガザム、ゴーグ、スラガ、アナミス。ダークエルフ副隊長ダラムバ。ライカンの副隊長ジーグ。スプリガンの副隊長マズル。ゴブリン隊長のティラとタピ。スライムのルフラ。ハルピュイアのルピア。そして人間のマリア。最後にシャーミリアとマキーナ。ファントムを俺の護衛として連れていく！　あと数名がこの作戦に参加することになる」

「「「は！」」」

「大陸に渡ればしばらくは魔人国には帰ってこられない、日時等の連絡は追って通知を出す！」

「「「は！」」」

「ちなみにここに集まった魔人は大陸に行くまでの間、特殊訓練に参加してもらう予定だ」

「「「は！」」」

連れていく人員の基準は単純だった。見た目が人間に近いこと、フードなどをかぶって誤魔《ごま》化《か》せば、ほぼ人間に見えることだ。魔人が大陸に行くと目立つためのカモフラージュ人選だ。

「明日の朝イチから射撃訓練を行う、指定した訓練場に遅れないように集合するように！」

「「「は！」」」

すでにオーガ三人衆やシャーミリア、ラーズから聞いていた現代兵器に、魔人たちは興味津々《しんしん》だった。そうして魔人たちの決起集会は無事成功に終わった。

翌朝、魔人たちが射撃訓練場に集まる。森も何もない見晴らしのいい荒野に、ドワーフが作った土人形をあちこちに配置して、土嚢《どのう》を積んで射撃練習場を作ったのだった。

「よし！　それじゃあまずは、銃の実践《じっせん》的な使い方を見せよう！　マリア！　こちらへ！」

「はい」

マリアはメイド服を着ていた。キッチンでの朝食の後片付けをしてそのまま駆けつけたからだ。仕事の合間に射撃訓練に来てもらったのだった。TAC50マクミラン・スナイパーライフルを抱えて俺のところに来てくれた。忙しいのに大変申し訳ない。

「これが銃というものだ！」

「おお！　これが！」「細い棒にみえるが、槍か？」「あれが武器？」「どうやって戦う？」

ザワザワとなっている。当然の反応だった。剣でも槍でもない、ただの鉄の細い棒に見える。

「そうだよな。そりゃそういう反応になるよな！　でも凄《すご》いんだぞ！　最初の標的は鳥だ！」

「はい」

マリアは特別に用意した台に、メイド服で寝そべって荒野にいる鳥を探す。

「ラウル様、鳥です」

双眼鏡で見ると一キロメートルくらい先に、鴨《かも》に似た鳥が群れで飛んでいた。

「みんな、あそこの鳥が見えるか？」

「「「「「はい！」」」」」

すげえな裸眼であれが見えんのか、魔人は。

「あれを、ここから殺す」

「え！　ここから？」「どうやって？」「そんなことができるのか？」

魔人たちは口々に不可能だと言う。

「マリア、やれ」

「はい」

ズドン！　マリアは間髪容《かんはつい》れずにライフルを撃つ。

バッ！

一羽の鳥が飛び散って、他の鳥たちが逃げていく。

「おおおお！」「どうなっているんだ！」「こんなことが可能なのか!?」

そうだろうそうだろう。それはそう思うよな。これがマリアのスナイプショットだ。

「これがこの武器の性能だ。だれか、あの鳥をひろってきてくれ」

「は！」

ライカンの副隊長ジーグが脱兎《だっと》のごとく駆けだして、あっという間に鳥をとって帰ってきた。

「あの、ほとんど食べるところがないかもしれません」

ほんとだ。

「ちょっと威力が強いからな。とにかく、こうやって遠いところから攻撃できる武器なんだ」

魔人たちは興味津々にマリアのライフルを見ている。そして口々にその能力を称《たた》えていた。

「おおお！」「素晴らしい、これが元始《げんし》の魔人の力」「これが私たちにも使えるんですか？」

うん、これが誰にでもできると思われちゃいけない。マリアだけの芸当だからな。

「まあこれだけの距離で、あんなに小さい標的に当てるのは俺でも無理だ。マリアだからこそできる芸当だよ。だが攻撃自体は誰でも可能だ」

「マリアさんは人間？　なんだよな？」「マリアさんは武器の扱いがうまいのか」

よしよし、魔人たちのマリアの評価があがっていくぞ！　これも計画通りだ。

「じゃあ順番にやっていくぞ！　みんなこっちへ来てくれ！」

魔人たちを連れて場所を変えると、ドワーフが作った土人形がそのあたりに置かれている。

「あれを標的にして練習する。十人ずつ交代でやっていくので順番に並んでくれ！　俺が武器を召喚して渡していくから取りに来い！」

「「「はい！」」」

俺はＡＫ47自動小銃を召喚した。ひとりひとりに説明をしながら渡していく。最初は隊長格のミノタウロスのタロス、ライカンのマーグ、スプリガンのニスラ、竜人のドラグ、オーガのザラム、オークのガンプ、ダークエルフのウルド、ゴブリンのティラ、アラクネのカララ、スライムのルフラが並んだ。魔人たちが自動小銃を構える姿は、びっくりするほど違和感があった。

「いいか？　このままでは使えない。使える状態にするからそれを教えていく。まず大変危険なので、この先の穴部分を周りの人に向けないこと！」

「「「はい！」」」

俺とマリアと武器を扱ったことがあるギレザムたちが、姿勢や注意事項を説明していく。

「じゃあ、マリア。あとは頼む」

「分かりました」

マリアは皆に銃の安全装置の外し方や、狙いの定め方を教えていく。みな立ってそれぞれ土人形に向かいＡＫ47自動小銃を構える。ミノタウロスが自動小銃を持っているのが違和感だらけだ。それにもまして竜人はトカゲ人間だ。それがＡＫ47を構えている。アラクネのカララなんて、上半身以外は蜘蛛《くも》だから違和感バリバリだ。それらを前にマリアが話し始める。

「では、みなさん。まずはあまり体に力を入れないでリラックスしてください。先ほど説明したように土人形に狙いを定めたら、反動に備えて軽く体に力を入れます。ただそれほど大きな反動はありませんので、怖がることはありません」

「「「はい！」」」

「私が合図をしますので、土人形に先端を向けて教えた通り、引き金を引いてください」

みんな銃を肩口に構えて照準を合わせている。

「てー!!」

ダダダダン！　ダダダダダン！　ダダダダダン！

土でできた人形が土ぼこりを上げてあちこちはじけ飛んでいる。

「撃ち方やめ！」

みんな黙り込んでシンと静まり返った。

ん？　どうした？　みんなどうしちゃったんだ？

「えっ？　こんなに簡単なんですか？」「いまのが攻撃？」「指を動かしただけなのに？」

どうやら魔人の隊長たちはあまりにも簡単な攻撃に、あっけに取られているようだった。

「そう。これが俺の召喚する武器、銃の攻撃だ。今の攻撃で十人の敵が死ぬか大怪我《おおけが》をした」

「す、凄《すさ》まじい！」「こんなことが我々にも!!」「簡単すぎる！」「奇跡だ！」

魔人たちのガヤガヤが次第に大きくなり広がっていく。

「オオオオオオ！」

感動しているようだった。だが俺はここでいったん冷静になってもらうよう皆に話す。

「みんな！　どうだ？　これが銃だが簡単だろう？」

「「「「はい！」」」」

「魔法が使えるようになった気分です」

「そうだとは思うが、今は止まっている的《まと》に撃っただけだ。動いている敵に当てるのはまた難しいし、敵を制圧していくには今のままでは無理だ」

魔人たちは銃の威力に喜んでいるが、とりあえずクギを刺しておく。

「「「分かりました」」」

じゃ本当に難しさを分かってもらうために、次の訓練に移ろうかな。マリアが指示を出す。

「では皆さん！　また所定の位置についてください！」

魔人たちがまた土人形に向かって銃を構える。

「土人形の頭を狙って撃ってみてください！」

「「「「「は！」」」」」

「て――――!!!」

ダダダダダン！　ダダダダダン！　ダダダダダン！

数人はなんとか頭に当てたようだったが、体に当たったり外れたりしている。

「撃ち方やめー！」

魔人たちが首をかしげている。的を絞《しぼ》ると途端に当てづらくなるからだ。

「どうだ？　的が小さくなると当てづらくなるだろう？」

魔人たちは土人形を見て、自分の持つ銃と見比べている。

「難しいですね」「確かにそうだ」「当てられるようになるのでしょうか？」

まっとうな疑問を抱いてくれた。

「さらに的が動けば当てづらくなる。みんなはまだ剣や槍で戦うほうが戦いやすいだろう。しかし！　剣や槍、体術と同じように訓練で銃の命中率は必ず上がる。それまでこの練習を定期的に行っていくぞ！」

「「「は！」」」

凄いな。今まで培《つちか》ってきた武技にプライドもあるだろうに、なんて素直な反応なんだろう。

「じゃあ見本を見せる。マリア！　また頼む」

「はい！」

マリアがミノタウロスの隊長、ミノスからＡＫ47を受け取り、土人形に向かって構える。

ダダダダダダダダダダダダダ！

マリアは、十体の土人形の頭だけを寸分の狂いもなく正確に撃ち抜いていく。

「「「「おおおおお！」」」」「「「「素晴らしい！」」」」

魔人たちから感嘆《かんたん》の声があがった。見本を見せたところですぐできるわけがないが、型だけでも目に焼き付けられればよかった。それから半日かけて百十九名の射撃訓練が終わる。

「本日の射撃訓練は終了だ！　みんな、ひとまず射撃というものがどんなものか分かったと思う。そして俺が召喚する武器の性能の一端も見てもらえただろう。俺はこの武器を使って、組織的な戦いができるよう教えていく。これまで皆が培ってきた武技や体技も戦いには有効だ。その身体能力もこれからの戦いに活《い》かしてほしいと思っている。銃は万能ではない！　武器の性能を過信することなく、自分で考えて行動することも必要となってくる。よろしくな！」

「「「は！」」」

そして俺は、配下たちとファントムの性能を見せるデモンストレーションに移る。

「よーしじゃあ、俺の配下は前に出てくれ」

ギレザム、ガザム、ゴーグ、ミノス、ラーズ、セイラ、ドラン、スラガ、アナミスが前に出てくる。

「昼飯の前にみんなに見てもらいたいものがある。俺の兵器を使った組織的な戦い方だ」

土人形がたくさん立っている向こう側に、ファントムが棍棒《こんぼう》を持って立っている。

「いかに俺の兵器が優れていても、こんなこともあるんだという参考事例として見てほしい。あそこにいるファントムは、シャーミリアが俺のために作ったバケモノだ。ハイグールといって、かなり強いうえに不死と超速再生を持っている。今回はコイツの性能も見てもらうつもりだ」

ファントムには配下を殺さないように指示をしているが、俺の配下がどこまでやれるのか。

「さて、一度は魔物の国を出た者どもが、どの程度か見極めてやろう」「いや、元王ガルドジン様の直属であるぞ、かなりやると見ていい」「どこまでやれるものかな?」

魔人たちはそれぞれに、俺の配下を品定めするようなことを言ったりしている。

「皆には俺の武器が万能ではないということを知ってほしい、そしてファントムの性能を目に焼き付けてくれ。もしかすると敵にこんなやつがいるかもしれない」

「どんなバケモノなんだ?」「不気味だ、なんだあれは」「あの者の気配がおかしいぞ?」

みなファントムを見て息をのんでいる。特設会場には遮蔽物《しゃへいぶつ》や障害物、疑似《ぎじ》的な建物が造ってあった。合間合間に土人形がいる。俺たちの前に直属の配下、遮蔽物をはさんだ向こう側にファントムが立っていた。まさか、この世界でサバゲが見られるとは思わなかった。サバゲで模擬戦をやるのは、実弾の銃を持ったモンスター級のパワーを持つ直属の魔人たちだ。

楽しみすぎるんだが！

「じゃあみんなよく見ていてくれ！　土人形を守るべき仲間とみなす。皆は仲間たちを守れ！」

「「「「は！」」」」

「あくまでも模擬戦だが、ファントムは手加減をしてもかなり強い。心してかかるように！」

「「「「はい！」」」」

観客の魔人たちがシンとして、訓練場にいる俺の配下とファントムを交互に見ている。

「ファントム！　やれ！」

俺が大声でファントムに指示を出すと、ファントムは音もなく土人形に近づいていく。フッ
っと、ファントムの棍棒を握る手が消え、土人形が一体木っ端《こ　ぱ》みじんになる。

「よし！　仲間がやられたぞ！　みんな行け！」

「「「「は！」」」」

俺の配下たちがそれぞれ、ＨＯＷＡ５・56㎜自動小銃を構えファントムに向かっていく。Ｈ
ＯＷＡ５・56㎜自動小銃は、陸上自衛隊の最新の自動小銃で日本製だ。

俺も参加したくなってくるな。実弾武器だから死んじゃいそうだけど。

直属の配下たちが散開して、遮蔽物や障害物を利用して前進していく。ファントムの武器は
銃ではないのでこの行動は不要だが、人間の魔法や弓矢を想定して訓練してきた成果だ。

ボゴゥ！　バガン！

ファントムが好き放題に土人形を破壊している。

疑似建物の上に乗ったガザム、セイラ、ドランが、射線を確保しファントムに銃を撃つ。

シュッ
次の瞬間ファントムが消えた。ゼロから最高速度に切り替えて、一瞬で弾丸をかわしたのだ。

だが弾丸をかわし、動きを止めた先には、ゴーグ、ラーズ、スラガが待っていた。ファントムの動きを予測して、その場所に待機していたのだ。

パラララララ
囲んだ三人の一斉射撃を受け、ファントムは腕と腹、足に軽く被弾した。

ブン！

被弾するのをおかまいなしに、ファントムの棍棒が襲い掛かる。避けられないほどのスピードで振るわれる棍棒を、ラーズがその怪力で止めようとするが…。

ドゴウ！　メキメキメキメキメキ！

ゴーグ、ラーズ、スラガが一振りで吹き飛ばされてしまった。

「なんだと？　ラーズやスラガにも止められんのか？」「あいつらの怪力でもか！」

観客の魔人たちが、それぞれに驚愕《きょうがく》の表情を浮かべ戦闘を見ている。

あー…ラーズ、あれは腕やったな。あとでルゼミア母さんに頼んで回復してもらおう。

ゴーグはファントムの棍棒に合わせ自ら飛んだようだが、ものすごい距離を飛んでいってしまった。スラガは転がって止まるが、かなりの衝撃のためすぐには身動きができないようだ。

ラーズは胆力《たんりょく》で留まったが負傷してしまった。全員の自動小銃が壊されている、ファントムが武器を狙ったらしい。しかし間髪《かんはつ》を容《い》れず、ギレザム、ミノス、アナミスが後方からファントムをとらえる。後頭部と背中と足に、弾丸をもろに食らったが何事もなかったかのように、ファントムはギレザムとミノスとアナミスに攻撃を仕掛けはじめる。

シュン

縮地《しゅくち》でミノスの目の前に現れるファントム。バルギウスの騎士時代の体術も使えるのだ。

「「「「おお!!」」」」

ファントムの足がミノスを思いっきり蹴《け》り上げていた。

ゴボッ

ミノスが腰下に十字クロスでガードするが、ファントムの蹴りはミノスの腹に吸い込まれるように入る。飛んで空中に逃げようとしたサキュバスのアナミスだったが、そのさらに上空にフッとファントムが現れた。ファントムが、両手を組んで思いっきりアナミスに打ちおろす。

ドン！

アナミスは直撃を食らって急速落下してくる！

ドッ！

間一髪《かんいっぱつ》でギレザムがアナミスを受け止めるが、アナミスは気を失ってしまったようだ。そのギレザムの頭にファントムのかかとが落ちてくる。次の瞬間、いつの間にかやってきていたガザムとドランが、二人の武器である短剣と槍でその足を止めた。

「ぐぅ」

「ふぅ」

ガザムとドランの足が地面にめりこんだ。二人がかりでもかなり厳しかったらしい。

パラララララ
セイラがファントムの頭に、HOWA5・56㎜自動小銃自動小銃を打ち込んだ。顔面にクリーンヒットするが超速再生で傷が消えていく。

シユウシュウ
ファントムは掌底《しょうてい》をガザムに繰り出すが、ガザムが消えた。次の瞬間ギレザムが、剣でファントムに斬りかかっていた。同時にドランの槍が襲い掛かり、口から血を流したミノスが後ろから、斧《おの》で肩口へ袈裟《けさ》斬《ぎ》りに切りかかり、ゴーグのかぎ爪がファントムの腹にめがけて走る。

シュッ！　シャッ！　ブンッ！　シュパ！

ギレザムの剣はファントムの右手前腕で受け止められ、ミノスの斧はファントムの左の拳でとめられ、ドランの槍はなんと、首をひねりファントムが口でくわえて押さえ込んでいた。ゴーグのかぎ爪だけが、ファントムの腹に十センチほどめり込んでいる。

ブワン！

ファントムが全員を振り解《ほど》いて飛ばしてしまった。しかし次の瞬間、消えていたガザムがファントムの首に足で絡まり、両のこめかみに短剣を突き立てていた。それでもファントムは止まらず、ガザムの首根っこを摑《つか》んで投げ捨てた。ガザムが猫のように回転し着地する。そしてファントムのこめかみからは、ガザムの短剣が抜け落ち穴が塞《ふさ》がってしまう。

シュゥシュゥ
まあ…こんなところかな？　しっかし、ファントム…改めてヤバすぎるな。

「よし！　そこまでだ！　みんなよくやった！」

ミノスはその場にへたり込んだ。先ほど蹴られた腹のダメージがひどいのだろう。

ちょっと心配だな、ルゼミア母さんに頼んですぐに回復してもらおう。

「みんな！　大至急ラーズとミノス、スラガ、アナミスを母さんのところまで運んでくれ！」

「はい！」

ラーズ、ミノス、スラガ、アナミスが、他の配下に運ばれ城内方面へと戻っていくと、どこからともなく拍手が聞こえてきた。

パチパチパチパチ
まるで、試合で負けたボクサーにエールを送る観客のようだ。

「よくやった！」「ラーズすごいぞ！」「ミノス！　よくやったな！」「スラガもよく立ち向かった！」「アナミスちゃん！　えらいぞー」「アナミスちゃん、大丈夫か？」「アナミスちゃん、俺が介抱してやろうか？」「アナミスちゃん好きだよー」

ん？　なんか、アナミスに対しての声援が多いな…。美人だもんな…分からんでもない。

そして魔人全員が、ファントムの戦闘力に驚愕の表情を浮かべている。

分かる。俺もびっくりしているもの。なんだあの怪物は、本当に俺の言うことに絶対服従なんだろうな？　シャーミリアを信じるしかないけどな…

「みんな！　分かってくれたか？　相手が強力であれば、武器がどんなものであっても通用しないことがあるということだ。まあファントムみたいなバケモンはどこにもいないだろうが、どんな敵が現れるか分からない。念には念を入れて対策を立てていくことが大切なんだ！」

「「「はい！」」」

「ファントム！　来い！」

俺がファントムを呼ぶと縮地で隣に立つ。間違いなくシャーミリア並みのスピードがある。

「お辞儀《じぎ》！」

するとファントムが魔人たちに向かって深々とお辞儀をした。

「俺の言うことには絶対服従するように仕組まれている」

「おおー」「アルガルド様の忠実なしもべか」「さすがは元始の魔人」「素晴らしいです！」

「オオオオオオオォォォ」

なんか、みんなに喝采《かっさい》を受けているけど、凄《すご》いのはファントムであって俺ではない。

「さて！　今日の演習はこれで終了だ、これからはこれを定期的に行う」

「「「分かりました」」」

「解散！」

魔人たちはそれぞれの持ち場に戻っていった。今日の演習で衝撃を受けたと思う。いきなり魔人たちが、現代兵器に順応できるとは思えないが、無事に演習が終わった。訓練場に残ったのは俺とマリア、そしてどこを見てるのか分からない前を向くファントムだった。

「マリア、仕事中なのに来てくれてありがとう」

「いえ、ラウル様。今日は特別な日になりましたね」

「そうだな」

俺は感慨《かんがい》にふけってしまう。サナリアから逃げて過酷《かこく》な日々を送り続け、やっとガルドジンと出会い、魔人に助けられて更に魔王の息子になってしまった。死んでいった、父のグラムとレナード、セルマとメイドたち、二千人の兵士、代官のジヌアスと執事のスティーブン、屋敷の者とその家族たち、サナリアの民。全ての思いを背負い、今ここに立っている。

「ラウル様配下の魔人たちは本当に凄いですね。ファントム相手にあそこまで戦えるなんて」

「あれが俺の配下だなんて信じられないよ。だって俺が一番弱いんだぜ」

「いえ、ラウル様のお気持ちだけは、誰にも負けない強さを秘めていると思います」

「そうでもないさ」

「いえ、ここまで来られたのは、ラウル様のお気持ちの強さです」

「みんなのおかげだよ」

生きていればいつか必ず勝つと、そう信じてやってきた。だけど皆の支えがなければとっくに死んでいたと思う。俺が驚異的な武器を呼び出そうとも、仲間がいなければ死んでいた。

「マリアは、父さんの手紙を覚えているかい？」

「はい。グラドラムのガルドジン様を頼れというお手紙ですね」

「うん。あのレナードの血が付いた手紙。父さんやレナード、そして大勢の仲間たちが命をかけて送ったあの手紙。あれが今でも俺を衝《つ》き動かす思いの全てだよ。あの手紙にはサナリアの民の命が込められている。彼らの魂が俺たちをここまで連れてきたと思ってるんだ」

「はい」

「だから俺は決めている。死んだ大勢の仲間たちのため、サナリアの民のために戦って、全てを勝ち取ると。彼らの命を奪ったやつらには必ず報いを与えるんだ」

「はい」

「マリア、本当に最初からずっと面倒かけ続けだけど、これからもよろしくな」

「もちろんです」

「さて、昼めし食いにいこう」

「はい。ところで、ラウル様にお見せしたいものがあるんですが、午後のお時間は空《あ》いておりますか？」

「空けるよ」

「そして出してほしい武器があるのです」

「ああ、分かった」

「ありがとうございます」

なんだろ？　欲しい武器？　見せたいもの？

楽しみにしながら二人で食堂に向かうのだった。

昼食を終えて、俺とマリアは一緒に廊下《ろうか》を歩いている。

「訓練場か？」

「はい」

マリアと二人で先ほどの訓練場に着いた。訓練場にはもう誰もおらず、たくさんの土人形があるだけだった。訓練場でマリアと二人きりになり、風に吹かれながら向かい合っていた。マリアは俺を見つめるように佇《たたず》んでいる。

「あの、ラウル様」

「なに？」

「出してほしいものが」

「あ、なんでもいいよ。なに？」

なんだろう？　マリアがあらたまって俺に出してほしいものがあるらしい。

「逃亡中に私に貸してくださった、銃を二丁を出してほしいのです」

「すぐに召喚するよ」

「はい」

俺はマリアが逃亡生活で愛用していた、Ｐ３２０とベレッタ92ハンドガンを二丁召喚した。

「私はこれまでラウル様の配下の魔人たちと訓練をしてきました。かなり辛《つら》い訓練でしたが、組手や武技など、ある程度身に付いたと思います」

「凄いよね。配下たちも上達が早いと言っていたよ」

「ありがとうございます。それで私なりにその体術を使った戦闘方法を考えたのですが、見てもらえますか?」

「そんなものがあるのか?　ぜひ見せてくれ!」

「はい」

凄いな、自分で開発した戦い方があるのか?

「ではラウル様、あの障害物の上に乗って見ていてください」

「分かった」

俺は、作られた障害物の上に乗って訓練場を見渡す。ファントムや魔人に壊されはしたが土人形がまだたくさん残っていた。ドワーフはきっちりサバゲの会場を再現してくれている。

「では、いきまーす!」

位置についたマリアが、俺に手を振って合図をする。

「おう!」

俺がマリアに手を振り返した。

スゥー
マリアは訓練場中央付近に立って息をはいた。

スッ
マリアが静かに動き始める。まるでカンフーか空手のような構えをとった。スッと銃を突き出すようにして、正面の土人形に向かってパン!　と銃を撃ったのを皮切りに、まるで舞を舞うかごとくクルクルと動き始めた。身をかがめ下から土人形の顎《あご》をめがけて撃ち、後転して両手を広げ左右の土人形を撃ち、そのまま片手側転しながら土人形に銃を撃ちこむ。バックブリッジしながら撃つ。倒れ込みながら横回転して撃つ。パンパンパン！　銃を連射して、ノールックで後ろの土人形にパン！　前転をしてパン！　土人形の肩に手を当て飛び越えざまに脳天にパン！　まるでブレイクダンスとバレエの中間のような動きで、華麗《かれい》に土人形に銃を撃ちこんでいくのだった。メイド服が華麗に舞う。

フッ

息をはいたと同時に直線的な動きにリズムが変わった。土人形の懐《ふところ》にバッ！　と入り込んで腹にパン！　土人形をくるりとかわして後ろに立っている土人形の額にパン！　さらに腹に撃ちこんだ土人形の股《また》をくぐり後頭部にパン！　直線的に横に飛んで近くの土人形のこめかみにパン！　くるりとその土人形の背中に体をくっつけて後頭部にパン！　正面にいる土人形にパン！　俺はその、リズムを変え緩急《かんきゅう》を使い分けた戦闘スタイルに息をのんだ。特筆すべきは、ほとんど人形を見ないで当てている。まさに百発百中といったところだ。

前世の映画でこんなシーンを見たことがあるぞ…いや、それ以上の動きだ。

とにかく衝撃的なのは、それをやっているのが正真正銘《しょうしんしょうめい》の本物のメイドってことだった。どう考えてもメイドの動きじゃない。俺の配下たちに組手や武術を仕込まれた結果、こんなことになっていたらしい。そして打撃力や破壊力のなさを銃で補うことを考えたようだった。

「すごい」

マリアは一通りの攻撃を終えたらしく俺に手を振ってきた。

「終わりましたー！　ラウル様ー！　見てくださいました？」

「すごいよ！　カッコよかった！　一人で考えたの？」

「はい！　少しでもお役に立てるかと思って」

「これは使える。誰にでもできる芸当じゃないけど、混戦になったら脅威《きょうい》になると思う」

「よかったです！」

マリアは子供のように喜んでいた。こんな戦闘を何も見ないでできるなんて天才としか言いようがない。できたらこれを型にして、体技の得意な魔人に教えてほしいものだ。どうやら魔力の身体強化が完成しつつあるのかもしれない。

「俺にもできるかな？」

「それではまた、あの頃のように訓練しませんか？」

「分かった。じゃあ連携の型を作っていこう」

「懐かしいです。ぜひやりましょう！」

「やろうやろう！」

俺たちは二人で銃を使った格闘術をやってみることにした。

「でもその服装ではやりづらくないか？」

「いえ、普段の仕事服ですので支障はございませんが？」

「そうか。言いにくいんだが」

「なんです？」

「下着が丸見えだよ」

マリアの顔がみるみる赤くなる。

「ラウル様、すみません。お見苦しいものをお見せしました」

いや、俺としては全然お見苦しくないんだが、いやむしろ役得だったけど。

「全然嫌じゃないよ。逆に俺以外には見られてないから良かった」

マリアがくるりと周りを見渡し、ホッと胸を撫《な》で下ろす。

「ラウル様にならいいんですよ。小さいころからお風呂に入れてあげてましたから」

マリアがにっこり笑う。

まあ俺にとってマリアは乳母みたいなもんだし、いいかとも思うんだけど、さすがに俺の体が大人になってきちゃって。特にその風呂がやばいんだよなあ…前世では、女性と全く接点のない生き方をしてたし、童貞のままの俺には対処が全く分からない。

「今度の訓練の時は俺が戦闘服を出すから、それを着て組手の型を作っていこう！」

「はい」

この戦い方を参考にしていけば、魔人の特性に合わせた、効果的な武器の使用方法ができそうだ。まずは、自分がその使い方をある程度体得しなければアウトプットすることができない。

俺たちは銃を使った格闘術の訓練を始めるのだった。

次の日。

よし！　それじゃあ今日も今日とて、シロとアウロラを連れて城内巡回するとしようかな。

俺がシロの小屋に行くと、イオナがシロの毛並みを整えていた。ルゼミア王が馬の毛並み用のブラシを、グラドラムから取り寄せてくれたのだった。

「母さん、お疲れ様」

「魔人さんたちの射撃訓練は良かったみたいね、武器にびっくりしなかった？」

「ああ、かなり驚いてたよ」

「そうよね！」

「シロ！　今日も行くよ」

「うぅぉぉん」

「しかし、シロもだいぶ大きくなったなぁ」

初めて連れてきた時は一メートルくらいだったシロが、いまでは二メートルくらいある。

「これでまだ子供なんだもんなあ」

「シロが屈みこんでも、背中に届かなくなりそうよ。とても従順で聞き分けも良くなったわ」

「そうなのか、知恵がついてきたのかな？」

「驚くほど賢くなったみたいよ」

上下関係がはっきり分かっているのかもしれない。餌《えさ》もたくさんあげてるし、不満もないのだろう。魔獣も知恵をつけるものらしい。するとイオナがおもむろにシロに命令し始める。

「お手！」

「ウォン」

イオナの手のひらにボフン！　と手をのせた。しかも優しくそっと添えるように置いている。

うっそ!!!

「バンザイ！」

「ウォン」

おおお！　巨大白熊がバンザイをしている！　デカイ!!

「ちょうだい！」

「ウォン」

シロが両手を拝むように組んで、まるでバーテンダーのように手を上下させている。

「母さん！　すごいね！　まるでサーカスみたいだよ」

「さーかす？　なにそれ？」

「あ、ああ、なんでもない」

「ラウルはたまにおかしなこと言うわよね？」

「ははは」

しかし魔獣を躾《しつ》けてしまうなんて、イオナの究極の特技なんじゃないのか？　魔獣を調教してショーを見せる。うん…将来的に稼《かせ》げるかもしれない。それはそれで考えておくとしよう。

そんな邪《よこしま》な考えが頭をもたげてくるのだった。

# 第四話　グラドラムの英雄

それから数ヵ月の後、俺たちは北海の船の上にいた。

もうすぐ夏が来る。

国を離れ、船がグラドラムに近づくにつれてどんどん気温が上がっていく。俺はすでに十二歳になっており、体は前世でいうところの中学三年生くらいの大きさになっていた。

「もうすぐかな?」

甲板の上にみんなが集まって海を眺めている。シャーミリアとマキーナは船底で眠りについていた。太陽がみんなを照らしているが、北海の海は水も冷たく清々しさがあった。甲板にいるのは、ギレザム、ガザム、ゴーグ、スラガ、アナミス、ダラムバ、ジーグ、マズル、ティラ、タピ、ルフラ、マリア、ファントム、そして俺だった。魔人は人間の国で目立たないようにするため、全員フード付きのマントを身に着けている。ぱっと見は人間の魔法使いに見える。マリアは俺のお付きとしてメイド服を着ていた。ファントムは、三メートル近いし言葉も話さないが問題ない、誤魔化《ごまか》そう。俺も白い貴族風の衣装を着ている。魔人の王族として、ルゼミア王がこの格好をさせたのだ。ドワーフが仕立てたらしい。

「ラウル様、見違えるようですね。ユークリットの王族より素敵ですよ」

マリアが言った。

「そうか？」

「ええ、凱旋《がいせん》パレードの時に王子様を見ましたが、それより上品です」

「ドワーフの技術力は凄《すご》いな」

「そうですね」

するとと上空の高いところを飛んで監視していたルピアが、甲板に降りてきて言う。

「はるか遠くの方に陸地が見えました！」

「そうか、とうとう大陸に戻ってきたんだな」

もうすぐだ。三年ぶりに人間の住む大陸に戻る。あの大地を踏んだら俺の戦いが始まる。あの大陸には俺の大切な人たちの血が流れている。大地にしみ込んだ血を取り戻す戦いだ。立ちふさがるものは容赦《ようしゃ》なく殺す戦い、もちろん覚悟はできている。

「よし！　夜にはグラドラムに着くだろう。作戦はこれまで話した通りだ！　戦闘は訓練通りの動きができれば問題ないだろう。全員に武器を渡すが剣などはそのまま装備してくれていい」

俺はみんなの武器を一つ一つ召喚した。全員にふさわしい武器を携帯させていく。初めは敵に情報を与えたくないため、最小限の護身用の装備をさせる。超大型の武器は必要に応じて出すことにし、まず携帯させるのはハンドガンだった。全員に腰か足にホルスターをつけさせた。魔人たちは人間よりはるかにパワーがあるため、口径の大きいものでも軽々と扱える。オーガのギレザムとガザム、ライカンのジーグの三人には象も倒せる600N.E.弾を装塡《そうてん》したプファイファー・ツェリスカを一丁ずつ渡した。リボルバー式拳銃で五発装塡できる。六キロもある大型拳銃なので、前世でこれをホルスターに突っ込んでいる者はいなかったが、三人ともフェンシングの剣を腰にぶら下げるように装着した。鉄の棒を腰にさしているようにしか見えない。

「どうかな？　邪魔にならないか？」

「大丈夫です」

ギレザムが代表して答える。彼らはこの巨大銃をコンパクトハンドガンのように軽々と扱ってみせた。ダークエルフのダラムバ、スプリガンのスラガとマズル、この三人にはデザートイーグルを一丁ずつと50AE弾を装塡して渡す。

「どうだ、使えそうか？」

「はい、銃は何度か使わせていただきましたので大丈夫です」

「大きさは？」

「問題ありません」

ダラムバが答え、三人はデザートイーグルを軽々と回して見せる。ゴーグ、アナミス、ルフラの三人にはグロック21に45ACP弾を装塡し渡した。

「ギルのより小さいんですが」

ゴーグがギレザムのより小さいと、ちょっぴり不満な感じで言う。

「ああ、手のひらの大きさからするとそのくらいでいい。ギレザムのは一回装塡で五発しか撃てないが、ゴーグのは十三発撃てるからな。戦術的な配慮《はいりょ》からだよ」

「分かりました」

「それでどうかな？　使い心地は」

「軽くて使いやすいです」

「了解」

ゴブリンのティラとタピにはS&W・M&P9シールドを渡す。薄くて軽量589グラムしかないので、手の小さい彼らには丁度《ちょうど》よかった。

「ティラ、タピ。銃はしっくりくるかい？」

「はい、軽くて使いやすいです。訓練でもこれを使いましたし大丈夫です」

「よし」

マリアはどうやら銃仲間が増えて喜んでいるようだ。

「みんな銃を持ってうれしそうですね！　仲間が増えて私もうれしいです」

マリアは手慣れた感じで二丁の拳銃、P320とベレッタ92をクルクルと回した。

「あの、わたくしは？」

ルピアが俺に聞いてきた。

「ああ、お前とシャーミリア、マキーナには別の武器がある。隠し玉として使わせてもらうから、その時に渡すよ。俺と何度も訓練した武器だし問題なく使えると思う」

「かしこまりました」

そしてスラガとマズルには、巨人になったら別の武器を渡す予定だった。

俺は配下全員に武器を配り終えた。ファントムには状況に応じて武器を渡す予定だが、こいつは俺の意識と連動しているため扱えない武器はなかった。

俺たちが武器について話し終えた時。

ザバァー
海の中から巨大な何かが出てきた。

「おう、ペンタ。お前も良くついてきてくれたな」

「ギョェアァァァ」

「ああ、協力してほしい時は言うよ。でもお前に怪我《けが》されると治せる人がいないし、海で戦うことはないから待機してくれるとうれしいな」

「ギョウゥゥゥ」

「そんな悲しそうな顔するなよ。頼りにしてるんだから」

「ギョォアァァ」

俺が先ほどから話しているのは、漁を手伝ってくれるシーサーペントだった。名前を付けてやったら喜んでくれて、名前は「ペンタ」という。毎週のように漁に出かけているうちに、ペンタは大型の魚を獲ってきてくれるようになり仲良くなった。いまでは軽い意思疎通《そつう》ができるまでになったのだ。

「風向きも良いし、のんびり泳いでいてくれよ」

「クァガッン」

ザッブーン
ペンタは返事をして海中に戻っていった。魔人たち全員が尊敬のまなざしで俺を見ている。海竜を使役《しえき》していることに改めて驚いているのだ。ペンタがタグボートみたいに船を引っ張ってくれたこともあり、グラドラムへの船旅は半分の日数となった。ルゼミア王でもこんなことをしてもらったことはないそうだが、毎週漁に通って親睦《しんぼく》を深めたかいがあるってもんだ。

「さてと、きちんと書簡が渡っていれば、ポール領主とデイブ執事が出迎えてくれるはずだが、グラドラムが安全とは限らないし、上陸の時が一番危険かもしれん。気を引き締めていこう」

「「「「はっ！」」」」

「そして一度船を降りたら、次に帰るのは秋以降になるぞ」

「「「「はい」」」」

俺は最後に皆に確認したいことがあり、それをここで話をすることにした。

「これは俺が勝手に始める戦いだ。それに関係のない魔人の皆を巻き込むことになるが、今なら戦わずに魔人国に戻り平和に生きることだってできる。そのまま魔人国に帰りたいと思うなら、今がその最後のチャンスだ。皆はどうしたい？」

「ラウル様、今更そのようなことを」

「我々に、帰る選択肢などありません。ラウル様と一緒に歩むだけです」

「俺は魔人国とグラドラム以外が、どんなところかもっと見たいですよ！」

「行く末を見極めるための視察です。それを見るまで帰れません」

「未来永劫《みらいえいごう》、アルガルド様にお供します」

誰も帰りたがらなかった。

「みなラウル様をお守りしたいのです。魔人の国にいた配下たちも全て同じ気持ちです。本当ならば、全員がラウル様にお供したかったというのが本音です。俺たちは選ばれて光栄なんですよ、ご迷惑でなければ死ぬまでお供させてください」

「ギレザム…」

俺は魔人たちの気持ちに、少し涙ぐんでしまう。

「ほら、ラウル様。顔を上げてまいりましょう。私は子供のころからずっと一緒にいたのです。いまさら置いていかれても困ります」

マリアが俺の手を握りギュッとしてくれた。

「よし！　みんなの気持ちは良く分かった。でも俺を守って死ぬなんて言うなよ。誰も死なないように作戦を立ててそれを実行するだけだ、危険度が高い場合は計画を中断する場面もあるだろう。これまでの訓練で身に着けた、俺たちの力を思い知らせてやろうじゃないか」

「「「「「オー！」」」」」

全員が力強く返事をした。大陸に沈みかけている夕日が、皆の顔をオレンジ色に染めている。

俺は夕日の中に、父のグラムや仲間の兵士たち、メイドや使用人の顔を思い浮かべていた。彼らは戻ってきた俺を迎えるように微笑《ほほえ》みかけてくるのだった。そして俺は隣で夕日を見つめているマリアに、耳打ちをした。

「俺は、仲間たちの血がしみ込んだ故郷をこの手に取り戻したい。ユークリット王国は俺たちの故郷だ、必ずこの手にすべてを取り戻す。そのために非情なこともするだろう。マリアは俺が大切な何かを見失うことのないように見守っていてくれ」

「分かっております。元始《げんし》の魔人になって我を失ったとしても、私が責任をもってお止めします。私はラウル様を信じています。絶対に諦めません、そしてラウル様をお守りします」

「子供のころから守ってくれたマリアの言葉は重いな」

「重いです」

マリアが笑顔で返してくれた。


グラドラムの港に俺たちの船が入り、陽が落ちて街には明かりが灯っていた。三年ぶりのグラドラム、あのバルギウス帝国の屈強な騎士たちと戦った場所。遠く船着き場には動く光が見え、出迎えの人間が出てきているらしい。たくさんのカンテラの光が動いているようだった。連なるように火が焚《た》かれており、一帯を明るく照らしている。港に船を接岸しロープを投げると、下で待つ人がロープを係船柱《けいせんちゅう》に括《くく》り付けてくれた。梯子《はしご》を降ろすと数人があがってくる。

こちらでは俺とマリア、シャーミリア、マキーナ、ルフラ、ジーグ、スラガ、ファントムの八人が出迎えを受ける予定だ。マリアはどう見てもメイドで、シャーミリア、マキーナ、ルフラにもメイドの姿をさせた。ライカンは普段は人間にしか見えないため、ジーグはモーニングを着て執事に扮《ふん》している。スラガはスプリガンだが普段はただの小男で、背広を着せているため使用人に見える。全員どこをどう見ても人間だ。ファントムは…まあいい…

「ようこそグラドラムへ！　アルガルド様」

聞いた声だと思えば、上ってきたのはグラドラムの元王で今は領主のポールで、薄暗い甲板の上での再会となった。カンテラの光でそれぞれの顔が浮き上がっている。ポールの後ろには五人ほどの人がついており、元宰相《さいしょう》で今は執事のデイブ、背広を着た紳士風の男、教会風のマントを来た男、そして鎧《よろい》を着た衛兵二人がいた。

「こんばんはポールさん、今宵《こよい》の夜は月の輝く良き日となりました」

「左様《さよう》でございますな。とてもいい夜です」

するとデイブも声をかけてくる。

「アルガルド様もお元気なようで何よりでございます」

「デイブさんもありがとう。よろしくお願いします」

「はい。こちらこそよろしくお願いいたします」

ポールやデイブと挨拶《あいさつ》をかわした。三年前に別れた時とほとんど変わっていないが、ちょっと草臥《くたび》れているように見える。後ろに控えている訝《いぶか》し気な表情をしたやつらが、草臥れさせている原因だろうけど。

「アルガルド様、こちらがバウム・シュタイン様、バルギウス帝国の特使様です」

「よろしくお見知りおきを、バウム・シュタインと申します」

「アルガルドです。こちらこそよろしくお願い申し上げます」

バウム・シュタインという男、ただの特使ではない。背広の下には、はちきれんほどの筋肉が隠れているようだ。いやらしい顔で無精髭《ぶしょうひげ》がむさい。マリア、シャーミリア、マキーナ、ルフラをまるで品定めするように睨《ね》め上げる。うちの女性陣は視線など気にせずどこ吹く風だが。

「そしてこちらが、ラーテウス・ノラン様です。ファートリア神聖国からの特使様です」

「ラーテウス・ノランと申します。よろしくお願い申し上げます」

「アルガルドです。よろしくお願い申し上げます」

ラーテウス・ノランという男は神経質そうな目で俺をじっと見つめた。何か確認するような目つきで、訝し気な顔をする。その俺を見る目つきにうちの女性陣がイラつき睨《にら》み返す。

「コホン！」

俺が皆の視線に気が付いて咳《せき》ばらいをすると、女性陣が何事もなかったように無表情になる。

やっぱりそうか。バルギウスとファートリアからの使者がいるんだな。ポールとデイブのこんな表情もうなずける。そして相手は全員ちらちらとファントムを見ている。

やっぱりこんな人間いないよなぁ。

「早速ですが貿易の品を確認させていただきます」

「ええ、こちらへ」

相手を船内に入らせて貨物室へ案内する。そこにはビッグホーンディアの毛皮やツノ、魔人国氷床《ひょうしょう》から切り出した氷で冷やした肉の燻製《くんせい》、魔獣からとれる魔石、石炭などが積まれている。

「これは良い品ばかりを。良い値で買取させていただきますよ」

「よろしく頼みます」

「明日の朝、荷下ろしをさせます」

「お手数をおかけいたします。その時は私も立ち会います」

ポールとひととおり形式上の挨拶をとりおこない、俺たちは船を降りることとなった。俺の配下のメンバーの他にも、船を動かすための魔人が乗っているが、彼らは明日の荷下ろしと、グラドラムからの輸入品の積み荷を積んだら魔人国に帰る予定だ。ガザム、ゴーグ、ダラムバ、マズルはいったん船内の護衛の任につけるようにする。全員に無線機を持たせて、お互い連絡ができるようにした。さらに夜の間にギレザム、ティラ、タピ、ルピア、アナミス、ファントムは、グラドラムの街中に潜伏する手はずになっている。

「それでは船を降りられる方は、七名ということでよろしかったでしょうか？」

デイブが聞いてくる。

「ええ、よろしくお願いします」

船を降りるメンバーは俺とマリア、シャーミリア、マキーナ、ルフラ、スラガ、ジーグだった。この魔人たちは完璧《かんぺき》に人間に見える。ジーグはライカンだが普段は人間の見た目だ、ルフラはスライムだが人間の形をしている。この六名が俺のお付きとなる。

「長旅でお疲れでしょう。是非とも新たに作られた迎賓館《げいひんかん》でおくつろぎください」

「お気遣いありがとうございます」

貨物室を出るため、全員が通路に戻る時だった。

スッ
執事のデイブが俺の横に来て、俺のポケットに何かを入れた。

紙のようだが、なんだろう？　とりあえず目を通す必要があるな。

「あ、それでは下船して船の前で待っていてくれますか？」

「分かりました。それではお待ちしております」

ポールが俺に答える。ポールを含めグラドラム、ファートリアとバルギウスの人間を先に船から降ろした。俺はポケットから先ほどデイブから渡された紙を取り出して広げる。

ラウル様へ
ようこそおいでいただきました。本来はもっと友好的なお出迎えになるはずが、やつらのおかげでこのような形式ばった御挨拶になり申し訳ございません。やつらの強大な軍事力に対し抗《あらが》うすべのない我々が、軍門に降《くだ》るしかなかった次第をお許しいただきたく思います。魔人国へのラウル様宛《あ》ての書簡も形式的なものばかりだったのは、全てやつらに検閲《けんえつ》されているが故のことでした。
あなた様は私たちを救った英雄です。ラウル様が決起をなさるときは、私共もお供させていただきたく思います。事を起こすのであればぜひ我々にもお声がけください。この三年間で、我がグラドラムにもファートリア神聖国とバルギウス帝国の間者《かんじゃ》が、たくさん潜入しております。三年前の、千人の兵消失事件の真相を探る者も多数訪れました。未だやつらは報復することを諦めてはおりません。魔人など大したことはないという論者もおり、ファートリア・バルギウス連合から、魔人国へ攻めようという声も上がっております。彼らは大勢の兵を引き連れてきております。さらにグラドラム首都内だけでなく大陸の広範囲に分布しており、連絡を密にしておるようです。我々もすべてを把握《はあく》することはできかねております。やつらは邪《よこしま》な考えを持ち、ラウル様たちを出迎えていると考えられます。十分お気を付けくださるようお願いいたします。くれぐれもラウル様、単独で動くことのなきようご注意ください。

我が親愛なるラウル様へ

ポールより

「ご主人様。好都合でございますわね」

「ああシャーミリア。敵の方から、俺たちが動き易くしてくれているとは思わなかったよ」

好機！　という顔で、シャーミリアが俺に微笑む。

「私も、三年前とは違いますよ！」

マリアが、腕が鳴る！　という顔で俺に言ってくる。皆がやる気満々の顔をしている。

「よし、初手の予定を変更する。ルフラは俺になれるか？」

「もちろんでございます」

スライムのルフラがもぞもぞと形を変える。あっという間に服装も含めて俺になった。

「できれば声も」

「失礼いたしました」

「よしそれでいい。これをつけろ」

俺は盗聴用マイクをルフラに取り付ける。そして耳にイヤフォンを取り付けた。

「俺の声が聞こえるか？」

「はい」

「よし！　人間のマリアに危険が迫った時は分かるな？」

「「「「はい」」」」

「ラウル様、私は大丈夫です」

マリアが言うが、シャーミリアが遮《さえぎ》る。

「あなたはラウル様の大切な人。私たちにはあなたを守る義務があるのよ」

「分かりました。ではよろしくお願いいたします」

「じゃあ行こうか」

「「「「は！」」」」

俺はその場に残り、全員が部屋を出ていく。俺に成りすましたルフラが先頭で、マリア以下全員がそれについていく。船の窓から様子をうかがっていると、全員梯子《はしご》を降りてポールとその一団についていった。俺はスッと目をつぶりシャーミリアと視覚共有する。

「ア、ああっ」

シャーミリアが変な声をあげて、みんなが不思議そうに見つめるのが見えた。同調に成功した結果だ。その意識をそのままに、船の通路を歩いていく。

「おまたせ」

「ラウル様！　早速行動開始ですか？」

ギレザムが俺に声をかけてきた。

「ああ、どうやら相手はせっかちなようだ。おかげでこちらの準備がかなり短縮されそうだ」

「それは何よりです」

「それじゃあ計画を実行していこうと思う。兵器を召喚するからみんな集まってくれ」

俺はすぐに武器データベースを開いた。

場所：陸上兵器ＬＶ４　航空兵器ＬＶ２　海上兵器ＬＶ３　宇宙兵器ＬＶ０　用途：攻撃兵器ＬＶ６　防衛兵器ＬＶ３　規模：大量破壊兵器ＬＶ２　通常兵器ＬＶ６　種類：核兵器ＬＶ０　生物兵器ＬＶ０　化学兵器ＬＶ０　光学兵器ＬＶ０　音響兵器ＬＶ２　対象：対人兵器ＬＶ７　対物兵器ＬＶ５　効果：非致死性兵器ＬＶ２　施設：基地設備ＬＶ３　日常：備品ＬＶ４　連結ＬＶ２

データベースの兵器レベルは、この三年でかなり向上した。どうやら体験したことを元にレベルがあがるらしい。馬車に乗ったことで兵員装甲車が召喚できるようになったり、グリフォンに乗り飛ぶことで、航空兵器が召喚できるようになったり、ペンタと海を潜るほど海上兵器で呼び出せるものがバージョンアップした。また魔人たちと剣や槍、弓などで訓練することによって通常兵器や対人兵器のレベルも上がっていったのだ。さらにデータベースには、新しく『連結』という項目ができている。連結LV1は武器を使用するとき、魔力と武器を連結できるのだ。かるく魔力を注げばハンドガンでも12・7㎜弾くらいの威力になる。連結LV2にすると、俺の魔力がみんなの持つ武器に流れ、威力があがる。こっちは更に魔力の消耗《しょうもう》が激しいため要注意だった。

「よし！　それじゃあ火種を撒《ま》きにいこうか」

「「「「はい‼」」」」

シャーミリアからの視界と聴覚の共有で、現場の状況はハッキリ掌握《しょうあく》できていた。系譜の力のおかげで遠隔で状況把握できる。どうやら通されたのは迎賓館のゲストルームらしい。俺がスライムのルフラと入れ替わったことにも、気づかれてはいないようだ。

「ささ、こちらへ」

ポールが豪奢《ごうしゃ》なソファーへと俺に化けたルフラを誘導する。マリア、シャーミリア、マキーナが扮《ふん》するメイド、ジーグ、スラガが扮した使用人がルフラの後ろに立っている。部屋には、ラーテウスとバウムの護衛の騎士が二十名と魔法使いが三名いた。

この護衛の数は異常だな。何を考えているんだ？

「アルガルド様はずいぶんお若いようですが、おいくつなのですかな？」

いきなりファートリア神聖国のラーテウス・ノランが不躾《ぶしつけ》に歳《とし》を聞いてきた。

「ノラン卿《きょう》！　魔人国の皇太子に対して、ずいぶんなお言葉ではございませんかな？」

ポールがラーテウス・ノランにクギをさす。

「ほう、ポール殿。田舎《いなか》領主風情《ふぜい》が、伯爵に対しそのような口利《くちき》きをするなど、問題ではございませんかな？　グラドラムがまた大変なことになりませんか？」

「いや、それは…」

俺は、俺に化けたスライムのルフラが付けたイヤフォンに話しかける。するとそれがそのままルフラの口から出た。ルフラは、まるで腹話術のように話し始めた。

「いや、いいですよ、ポールさん。私は十二歳です」

「ははは、十二歳？　まだ子供ではないですか！」

いきなり馬鹿にしたような話し方をするラーテウスにポールが口をはさむ。

「そんな！　いきなりそのような話をするために、アルガルド様を迎賓館へご招待したのではありませんぞ！」

「ポール領主。あなたは魔人を恐れすぎなのではないですか？」

ラーテウス・ノランという男、最初からなめてかかっている。

バルギウス兵が千人も消えた話を知らんのだろうか？

「ノラン伯爵殿、そのようにいきなりでは魔人さんたちもビックリしてますよ。ほら相手方が、怖がって固まってしまっているではないですか？」

「いやいやバウム伯爵殿、バルギウスでは魔人の恐ろしい噂《うわさ》が広がっているそうですが、あんなものは真の話ではございませんよ。千人もの兵士が一夜で消えるなどありはしない」

「どうでしょう？　我が国の千人以上が、バルギウスに帰ってこなかったのは事実ですがね」

バルギウス帝国のバウム・シュタインが大きな声で話をする。こちらも魔人相手に全く臆することはなさそうだ。俺がシャーミリアと共有して周りの魔人たちを見回すと、マリアが少し苛立《いらだ》っているようだったが、あとは矮小《わいしょう》な虫を見るような目で二人を見ていた。

本当に虫くらいの脅威《きょうい》しかないので、そうなるのも無理はないけど…

「アルガルド殿。我々ファートリア神聖国では人間以外を、人間として扱うことなど特例中の特例なのですよ。心して話されるがよろしい」

あらぁ？　テンプレート的な嫌なやつ。

ラーテウス・ノランが俺に対しクギを刺してくるので、俺に化けたルフラを通じて話す。

「いえ、それぞれの国の言い分もございますでしょうから、こちらは特別に気にすることなどもございません。そのつもりでお話しさせていただきますよ」

すると隣に座っている、バルギウスのバウム伯爵とやらが俺に尋ねてくる。

「それでは単刀直入《たんとうちょくにゅう》にお伺《うかが》いしたい。今も話にでたバルギウスの兵が千人消えたという話、これに魔人国は関係なさっているのですか？」

「はて？　我が魔人国がそのような恐ろしいことにかかわっていると？　そのようなことは私の記憶にはないように思うのですが、なあ、どうだったかな？」

俺は後ろにいる、ジーグ執事に聞くそぶりをする。

「ええ、そのような話を聞いたことはございませんね」

「ということです」

ラーテウスは、ほらやっぱり！　という顔をしてバウムを見る。しかしバウムは疑うように、俺に化けたルフラを見ている。まあスライムのルフラに表情の変化はない。

「それならよかったです。自国の兵が殺されたのなら貴国とは敵同士ですから、このように平和に会話をすることなどないですからなあ」

「おっしゃるとおりですね。バルギウス帝国は尋常《じんじょう》ならざる騎士を多数抱えた強国ですからね。私たちもそうならなくて、ほっと胸をなでおろしておりますよ。バウム伯爵」

ちくちくと探りを入れながら話を続けているが、どこまで気づいているか？　グラドラム民から情報を仕入れたかもしれないし油断はできない。するとラーテウスが口を開く。

「正直、魔人はこの大陸では魔物と同じ扱いで討伐《とうばつ》対象なのですよ。それを人間と対等に話ができるだけでも、感謝していただきたいものですな」

また同じようなことを言っている。マリアのこめかみに、ビキビキと音がしそうな青筋が浮かんでいるが、他の魔人はただ無表情でラーテウスを見ているだけだった。

まあウザいよね。

「ノラン伯爵！　それは言い過ぎというものですぞ！　アルガルド様はまがりなりにも魔人の王の御子息であらせられる。謹《つつし》んでいただきたい！」

ポールがキレた。こちらの誰もが静かに見ているというのに、ポールがブチブチとこめかみを切らして怒っている。

「そうです！　アルガルド様は我がグラドラムへ、とても良き品をお送りくださるパートナーですぞ！　そのへんの魔獣と一緒にされるなど言語道断です！」

デイブもキレた。

困ったな、そんなに怒られるとこっちがキレるタイミングがないじゃないか。

「ほう。田舎者の領主と執事が、ファートリアの特使である私にそのような口を利《き》きになさるとは、いい度胸でいらっしゃる。後は知りませんぞ」

ラーテウスが、ポールとデイブにしたり顔で圧力をかけた。

「ぐぬぬぬ」

ポールが真っ赤な顔で押し黙る。

「まあまあ、ちょっと待ってください。ラーテウス伯爵、我がバルギウスの兵も魔人にやられたわけではないことが分かった。そこまで魔人の王の御子息を愚弄《ぐろう》することもありますまい」

バウムがラーテウスをなだめにかかる。だが後ろの騎士たちが少しだけピリピリとしだした。

何かしかけようとしているのか？

さーてと、俺からも少し火に油を注ぎたいが、なんて言うかな？

「まあいいですよ。それよりも先ほどから我々は、グラドラムの元国王であらせられるポールさんに対し、伯爵風情《ふぜい》が上から話しているように見えるのが、ちょっと違和感がございます。

ああ、魔人はこのような物言いしかできない野蛮人でございますので、お気に障《さわ》りましたらご容赦《ようしゃ》ください。久しぶりにグラドラムに来たものですから、あまり要領を得ないのですよ」

　場が静まり返る。そして騎士たちがピリピリとしてきた。

　さあどうする？　斬りかかってくるのか？　こちらはか弱いメイドと執事、使用人の小男だぞ。そっちは屈強な騎士がそろっているんだし、やれるんじゃないのか？　さあさあ。

「なるほどそうですな。アルガルド様は人間の国の事情など知らぬのでしょう。ラーテウス伯爵はファートリア神聖国の重鎮で、このような辺境に送られてイライラしておられるようですし、まずここは事を荒立てることのないようにした方が得策ではないですか？」

　バルギウスのバウムが場を収める方向で動く。こいつは穏健派なのだろうか？

「ふん！　ファートリア本国に帰ったらこのことは報告させていただく。まあ今日のところは、我が国へのお客として扱ってやろうではないか」

　ラーテウスが話を締めくくる。

「すまんが、アルガルド様。今日のところは許していただけないだろうか？」

　バウムが大人の対応で収めてくるので、俺はその先の思惑を知りたくなった。

「ええ、問題ありません。大陸での魔人の扱いを早めに知れたことの方が大きいです。私共もこころして、事に当たるようにしないといけませんね」

「大人の対応感謝いたします」

　バウムが、後ろの騎士たちに合図するとピリついた騎士たちの気も収まった。

ファーストコンタクトとしては、もっと荒れると思ったのだがな。ただ、きな臭《くさ》いな。

「それではグラドラムの料理を準備させております。ぜひ会食会場へどうぞ！」

ポールが皆を誘導しようとする。すると、バルギウスのバウムが口をはさんできた。

「それがポール殿！　実は魔人の方々には、都会の食べ物のほうが珍しいのではないかと思いましてな、キッチンをお借りしてバルギウスから連れてきた料理人に特別に作らせました」

ポールが驚いて慌てた返答をする。

「そ、そんなことは、き、聞いておりませんが？　私の家でもう準備しているはずです」

「驚かせようと思って内緒にしておったのです。申し訳ないが台所を使わせていただいた」

「そうなのですか？　そうでしたらそうと先に言っていただかないと！」

「先に言ったのでは驚かせられないではないですか？」

「ま、まあそうですが…どのような料理を？」

「バルギウス最高の料理人を連れてきています。ご安心いただけましたらと思います」

どうやら動いたようだな。あんな舌戦《ぜっせん》でお茶を濁《にご》しておいて、本命はこっちだろ。

「分かりました。それでは会食会場に行きましょう」

改めてポールが皆を促して会場に移動する。廊下《ろうか》を歩いている時、スラガが誰にも聞こえないようにボソッとルフラに話しかけてきた。

「ラウル様、あの時の臭《にお》いがします」

「あの時？」

「バルギウス兵に捕らえられた時の臭い」
ああ、あの時の神経毒か。やはりな、ずいぶんすんなり話が進むと思った。
系譜の力で共有がかけられている、シャーミリアに聞いてみる。
《シャーミリア。臭いの正体が分かるか？》
《ご主人様。屢巌香《るがんこう》です。私、マキーナ、ルフラ、マリアには効きませんが、ジーグとスラガには強い毒となります》
《そうか。ジーグとスラガはいったん便所に行け。外に出られるならそのまま出ろ》
《分かりました。そのように伝えます》
シャーミリアと念話で話していると、船に残ったガザムから無線に通信が入った。
「ラウル様、船の周りを敵に囲まれました。騎士が百名はいると思われます」
「少ないな、魔人は舐《な》められているのか？　とりあえず魔法使いもいるらしいから気をつけろ！　戦闘になったら、武器を使って掃討《そうとう》作戦開始だ。操船要員の十名にはバルカンをまかせろ」
「は！」
そして俺は既に、ギレザム、ティラ、タピ、ルピア、アナミス、ファントムと共に町に潜入していた。俺は迎賓館《げいひんかん》が見える屋根の上にいて、ファントムが護衛についている。更にそばにはルピアがスタンばっていた。
「ギレザム、聞こえるか？」
ギレザムに無線を繋《つな》げる。

「はい、ラウル様」

「迎賓館の周りを敵兵が囲んでいる。こちらからは見えているがそちらはどうだ？」

「はい、確認できております」

「どんな騎士や魔法使いがいるか分からんから気をつけろ」

「ラウル様、迎賓館が光り始めました！」

「そうだな…こちらからも見えている」

どうやら、迎賓館を囲んだが魔法使いたちが結界を張り始めたようだ。そのおかげでシャーミリアとの共有が切れる。光の結界だとすればシャーミリアとマキーナがヤバイ。ファントムが後ろで、無言で迎賓館を見ている。俺は腕まくりをしてバレットM82に取り付けた暗視スコープをのぞき込んだ。

「俺はこれから迎賓館に結界を張っている魔法使いを掃討する。合図したら突入してくれ」

「了解しました」

さてと、暗視ゴーグル越しに見ると迎賓館を囲むように結界が張られている。早速ENVG－B暗視スコープをFWS－Iナイトビジョンに取り付けて視界を連結させ、バレットM82を魔法使いの頭に狙いをつけるのだった。

「さて、どれにしようかな？」

結界を張っている魔法使いは五人だった。距離は九十メートル、暗視スコープで十分見える。

「こちら側から見えるのは三人だ。ルピア！　これを装備して反対側に飛んでくれるか？　くれぐれも魔法使いの攻撃に気をつけるんだぞ」

「分かりました」

ルピアにはＭ２４０中機関銃と弾倉バックパックを召喚して背負わせた。

「行け！」

ルピアはＭ２４０中機関銃を構え夜の闇の中に飛び立っていった。俺からはＥＮＶＧ－Ｂ暗視スコープでハッキリと見えているが、人間には全く見えないだろう。すると迎賓館の中から、共有が切れたシャーミリアにかわりマリアが無線で連絡してくる。

「ラウル様、シャーミリアとマキーナの様子がおかしいです。平気そうな立ち回りをしていますが、明らかに苦しそうな表情を浮かべています」

「原因は分かっている。まもなくその原因を解消する」

「そして騎士たちが私たちの周りを囲み始めました」

「シャーミリアとの共有が切れて中の様子が分からないんだ。マリアが状況を報告してくれ」

「はい。まだ誰も攻撃などはされておりません。ルフラが私の前におります」

なるほど無線機の音声は聞こえているから、通信は大丈夫なようだ。誰に向かって話しかけているのかが分からないが、とにかく話を聞いてみよう。俺に化けたルフラを通じて話す。

「これは、どういうことですか？」

「はぁ？　なんのことか分からんなあ」

バルギウスのバウムの声だ。先ほどの紳士的な対応とは全く違う。いきなり豹変《ひょうへん》してる。

「なにをした!?　バウム殿、我が迎賓館で勝手はゆるしませんぞ！」

ポールの声だな。どうやらポールも、全くの想定外のことにパニックを起こしている。

「皆様、いったん外に出たほうがよろしいのでは？」

デイブの声だ。デイブが俺の仲間を外に出そうとしているらしい。

「はぁ？　勝手に出てもらったら困るんだが！　せっかくの魔王の息子とやらがノコノコと現れたんだ！　こんなチャンスを無駄にするわけねーだろーがよ！」

バウムが声高らかに叫ぶ。俺が見てない間に人格が変わったのだろうか？　ってほどだ。

「そんな、船に乗っておられる魔人様の仲間たちが黙ってはおりませんぞ！」

「ふははは、すでに船には我がバルギウス兵が向かっておるわ！」

バウムが勝ち誇ったように言う。そしてファートリアのラーテウスも合わせて言う。

「この屋敷もファートリア神聖国の魔法師団が結界を張っているのだ！　誰も逃げられんぞ！」

「そのような！　ぐぁ」

ポールの叫びが聞こえた。

「マリア、どうなっている？」

「はい、ポール領主がバウムに殴《なぐ》られて気を失いました」

「そうか、ポールさんは生きているか？」

「生きていますが、どうしましょう？」

「騎士たちはどうなっている？」

「剣を抜きました。私たちに突き付けています」

先に手を出してくれたようだな。ポールは俺たちの味方だ！　味方に暴力をふるわれたら、申し訳ないけど暴力で返すしかないだろ。そう思った時だった。

ガガッ
通信が入る。

「ラウル様！　よろしいですか？」

「なんだ？」

船にいたガザムから通信が入った。

「船が敵に囲まれております。相手が火矢を構えております。魔法使いもいるようです」

「分かった。敵が攻撃を開始してきたら反撃していいぞ」

「はい」

分かりやすい敵でよかった。もし友好的にこられたら火種をおこしにくいと思っていたんだが、あっちから来てくれた。自衛行動だし何をしても恨みっこなしだよな。

「いいか？　全員で攻撃のタイミングを合わせる」

「「「はい」」」

マリア、ギレザム、ガザム、ルピアが返事を返してくる。戦いが始まる前にできるだけマリアを通じて、ギリギリまでバウムとラーテウスの情報を聞き出す必要がある。

「バウムが剣をとりました！」

迎賓館のマリアが叫んだ。

「火矢を放ってきました！」

船にいるガザムが叫ぶ！

「敵兵が迎賓館に入っていきます！」

都市内で監視しているギレザムが叫ぶ！

「よし！　全員攻撃開始だ！」

「「「はい！」」」

まってました！　とばかりに全員が応答した！

## 船SIDE

船に火矢が飛んできた。ガザム、ゴーグ、ダラムバがすべてを斬って落とす。次に船の甲板に現れたのは、五門のM61バルカン砲だ。ダークエルフたちが一基につき二人付いている。

キュイイイイイ
M61バルカンが回りだし、20×102㎜の弾丸が雨あられとなって降り注ぐ。

「グアッ！」「ぎゃっ！」「ごぼぉ！」「ぎゃぅ！」

超高速で降り注ぐ弾丸に、魔法使いの結界や土壁など全く意味をなさず、人間の騎士は文字通り粉々に飛び散っていくのだった。M61バルカンの掃射に対し、人など原形をとどめることができるはずがなかった。魔法使いも反撃の魔法を放つ余裕などなく、細切れにちぎれて水風船のように四散してしまう。合わせてガザム、ゴーグ、ダラムバがM32リボルバー式グレネードランチャーを掃射していく。

物凄《ものすご》い爆炎が、港に巻き起こり、もうもうと煙が立った。

「撃ち方やめ！」

ガザムが指示し皆が撃つのをやめる。ひとつの抵抗も許さない悪魔のごとき暴力が息をひそめた。対岸には騎士の肉片すらほとんど残っていなかった。そしてガザムは次の作戦に移る。

「ダークエルフ隊はそのまま船を守り続けろ！　次の作戦に移る！　俺とゴーグ、ダラムバ、マズルは船を降り洞窟《どうくつ》に向かうぞ。街中で遭遇《そうぐう》した敵兵は全て掃討していいと、ラウル様より許可が出ている。十分注意して進め！」

「「「おう！」」」

マズルが甲板の上で巨人化していく。

「ぐぅおおおお」

あっという間に、八メートルはあろうかという巨人になった。裸だが腰から下は猿のように毛むくじゃらで大事なところは見えない。マズルが両手に持つのは、M１３４機関銃《ミニガン》。毎分四千発の7・62×51㎜弾をはきだすバケモノ機関銃だ。それを一門ずつ両腕に抱えている。重量は一基百kgを超えるがそれを軽々と振り回して、甲板から岸にジャンプして降りた。それに続いてガザム、ゴーグ、ダラムバがFNスカー自動小銃を構えてジャンプして降りていく。四人は洞窟の方角に向かって走っていった。

## 上空のルピアSIDE

ルピアは初めて人間との戦闘となる。暗闇を飛んで暗視ゴーグルで地表を見ているが、電気で浮かび上がる魔法使いや敵の騎士にビックリしていた。

「こんなに、ハッキリ…」

ＥＮＶＧ－Ｂ暗視スコープのおかげで、電気的に人間の輪郭《りんかく》が浮かび上がって見えているのだった。そして、下にいる魔法使いにＭ２４０中機関銃を向けた。アルガルド様は、ただ的《まと》に向けて撃てばいいのだと言っていた。空からなら問題なく当てることができるということだった。戦闘など、ほとんどしたことがないし、もともと魔人の中では戦闘要員ではなかった。

しかしラウル様はこう言っていた。

「おそらく、俺の武器を使って一番有効なのがルピアだよ」

正直言っていることが分からなかったが。ラウル様を信じて、言われたとおりにやるだけだ。

ガガガガガガガガガガ

バックパックから弾丸を流し込み、Ｍ２４０中機関銃が弾丸を大量に吐き出していく。

「ぎゃぁぁぁ！」「ぐわぁぁぁあ！」「うわぁぁぁぁ！」

魔法使いや騎士たちが、面白いように倒れていった。

「怖い…けど！」

ラウル様に喜んでもらいたい一心で、ただただ機関銃を撃つ。地面にいる騎士たちを、舐《な》めるようにまんべんなく弾を降り注いでいく。綺麗《きれい》に片づけなければならないと思った。

「なんだ？　どこから？」「死んだぞ！」「逃げろ！」「どこにだ？」「魔法使いが死んだ！」

原因が分からずパニックになりながら死んでいく騎士と魔法使いたち。

「これで、ラウル様に喜んでもらえる！」

ルピアは天使のような顔で薄ら笑いを浮かべつつ、敵兵を掃討していくのだった。

ガガガガガガガ

## 都市内ギレザムＳＩＤＥ

我とティラ、タピは三位一体となって陰から陰へと進んでいく。迎賓館《げいひんかん》までは、もうすぐだった。集まった騎士たちが迎賓館内に入っていくのが見える。ギレザムが手に持っているのは、ＦＮスカー自動小銃だった。ティラとタピは二人でＨ＆Ｋ・ＶＰ９サブコンパクトハンドガンを持っている。二人には自動小銃は大きかったため、ハンドガンでの戦いとなる。

ズドン！　ズドン！　ズドン！

屋根の上から、ラウル様が魔法使いを片付けて下さった。

「あの方は絶対に狙いを外さず、味方に当てることもない。思う存分暴れていいぞ」

「「はい」」

ティラとタピも、早く自分の技をふるってみたくてうずうずしていた。迎賓館の前には複数人の騎士がいた。銃声が聞こえ警戒しているのだろう。

タラララララ

数名の騎士をFNスカー自動小銃で片づけ、M26手榴弾《しゅりゅうだん》を投げつけて建物の陰に入った。チラリと壁からのぞくと数名がうずくまっているようだった。

「よし！　いくぞ！」

「「はい！」」

我らが迎賓館の玄関前に到着し、生きていた騎士たちにとどめを刺した。すぐに合図を出す。

「3、2、1」

玄関を開けて中に入ると、ティラが室内のランプを撃つ。一瞬にして室内が暗闇となった。

「なんだ！」「灯りが消えたぞ！」「はやくつけろ！」

すぐ我が狙撃で仕留める。ティラ、タピがマリア直伝の格闘銃術で、部屋と階段にいた敵を全て黙らせることができたようだ。

「マリアは人間だ！　戦闘が起きたらどのくらいもつか分からん！　急ぐぞ！」

「「はい」」

我とティラ、タピは屋敷に潜入していくのだった。

俺の耳には配下たちの戦う音が聞こえてきた。全員の攻撃が始まり、俺も狙撃で魔法使いを殺し続けている。そして俺は自分の体に異変が起きているのを確認した。

「やはりか…体に模様が浮かび始めた」

俺の体に刺青《いれずみ》のような模様が光り始めたのだ。三年前の戦闘の時と同じ現象だった。

「俺の武器が血を吸い始めたんだな。力がみなぎってくる」

そう言う俺の側には、ファントムが黙って立っているだけだった。

「よし、俺たちも行くぞ。お前にも武器を持ってもらう」

俺がファントムに召喚したのはM61バルカンだった。ファントムは給弾装置を含め、三百キロをゆうに超えるであろうバルカンを軽々と持ち上げた。通常なら船舶や戦闘機に搭載《とうさい》する兵器だ。ファントムはこれを軽々と担ぎ上げる。

「ここから、迎賓館の屋根まで飛んでいくからついてこい！」

俺が隣の家の屋根に飛び移ると、三百キロ以上のバルカン砲を担いだファントムもジャンプしてついてきた。こいつは、チートすぎる。そういえばファントムにもご褒美《ほうび》あげないとな。これから大量に出るであろう人間の死体を食ってもらわねばならなかった。

「証拠も消せるし、パワーも確保できて一石二鳥だ」

俺と巨大なモンスター、ファントムの影が月に浮かび上がるのだった。

## 迎賓館ＳＩＤＥ

迎賓館一階の来賓室には、ファートリア神聖国のラーテウスとバルギウス帝国のバウム、そしてファートリアとバルギウスの兵たちが大勢いた。その前にいるのはルフラ、後ろにはマリア、シャーミリア、マキーナがいた。シャーミリアとマキーナは光の結界のせいで苦しそうな

顔をしている。目の前にはポールが気絶して転がっており、執事のデイブがポールの側でかばうようにうずくまっていた。状況としてはあまり良くなかった。

「いかに魔人が強いといっても、屢巌香《るがんこう》を焚《た》いたこの部屋の中では手も足もでまい。さらに屋敷は光の結界で完全に囲まれている。逃げられんぞ！」

バルギウスのバウムが叫んでいる。

「ん？　あの男どもはどこへ行った⁉」

ラーテウスがジーグとスラガがいなくなったことに気が付いた。

「まあどうでもよい！　もうお前たちは袋のネズミだ。魔人が人間のマネなどしおって、気色の悪いことだ」

どうしてもラーテウスは魔人を受け入れることができないようだ。

「剣をよこせ」

バルギウスのバウムが兵士から大剣を受け取る。その時、外から音が聞こえてきた。

パラララララ！　ダンダンダン！　バン！

「ん？　なんだ？　魔法の音か？」

バウムが先に気が付き、ラーテウスがそれを聞いて耳をすませる。

「本当だ。何か音がするな、我が国の魔法兵団が魔人を攻撃しているんだろう」

ラーテウスは破裂音の正体が、自国の魔法師団の魔法だと思ってニンマリしている。

「はははは、今いる部隊には元大隊長の俺を含め小隊長が三人もいるのだ！　さらにかなりの手練《てだ》れを大勢連れてきている！　おまけにグラドラム都市の周りには千人の兵士が待ち構えているのだ！　もう逃げられんぞ！　何をしても無駄だ！」

バウムが勝ち誇ったように言っている。ラーテウスもそれに合わせて言う。

「さらに我が国の教会魔法師団、および教会騎士団も城壁の外に千人待機しておる。十人やそこらの魔人でどうこうできる人数ではないわ！」


俺が見てないところで、敵国の二人が俺の配下にそんなことを叫んでいる最中も、外では俺とルピアが迎賓館周辺の魔法使いや兵士を殺しまくっていた。特にルピアは仕事熱心で一生懸命殺している。外で魔法使いを始末したことで光の結界が消えて、シャーミリアとマキーナが復活する頃だ。そのおかげでシャーミリアとの視界聴覚の共有が戻り、バウムとラーテウスの顔が見えた。そして俺は無線機で聞いた内容に耳を疑った。それは二千という兵士の人数に対してでも、魔法使いを大量に連れてきたという事実でもない。バウムが言った言葉にだった。

いま、バウムは隊長格を連れてきたと言ったな。三年前のグラドラム戦の時は隊長格に、ものすごい苦戦を強《し》いられたはずだが、バウムの闘気にはそれほど脅威《きょうい》を感じなかった。確かにバウムに最初会った時は、ただものではないことだけは分かったが大隊長格だとは思わなかった。もっと強いやつが潜んでいるのか？

「隊長格？　魔法師団？　がそれほど？」

俺は化けたルフラを通じて、バウムに質問を投げかけてみた。

「そうだ！　貴様ら魔人など恐れるに足らんわ！」

「三年前ここに来ていた兵士たちにも隊長とやらはいた？」

「ん？　やはり、お前！　何か知っているのか？」

「たしか千人ぐらい兵士がいたと思うが。そこに大隊長とやらはいたのかって聞いてる」

「クソがぁ！　やはりお前たち魔人の仕業《しわざ》だったのか！」

バウムの剣を握る手元が一瞬消えて、俺に化けたルフラの胴体を横に切り裂いた。シャーミリアの視界で、俺に化けたルフラの体が二つに裂けて上半身がドッ！　と床に落ちる。しかしルフラはスライムなので剣の攻撃は全く効果がなかった。実際の俺は隣の家の屋根にいる。

俺は床に落ちた上半身で聞いてみた。

「あの、何度も聞くけど前に来ていた兵士にも大隊長はいたよね？」

「なに!?　バケモンが！　体を斬っても生きていられるのか!?」

その瞬間、シャーミリアとマキーナとマリアが動いた。マリアは華麗《かれい》な動きで二十人の兵士に飛び込んでいく。Ｐ３２０とベレッタ92が火を噴き、騎士は眉間《みけん》やこめかみに穴をあけて倒れていく。マキーナもデザートイーグルで至近距離から頭や胴体を撃ち抜いていく。二十人の騎士と魔法使いは一瞬で制圧されてしまった。シャーミリアはバウムの後ろに立って羽交《はが》い締《じ》めにし、首に鋭い爪を立てていた。

「ご主人様が聞いている。すぐに答えなさい」

「ぐぅ、おまえは？」

ズッ
シャーミリアの爪がバウムの首筋に少し刺さる。

「痛っ！　ま、まて！　そうだ！　隊長はいた！　俺の友人だった四番大隊隊長のグルイスだ！」

聞き込みしているうちに、俺に化けたルフラの上半身と下半身はくっついて元に戻っていた。そのまま立ち上がりルフラの口から更に質問する。

「そうか、お前はいったい、どのくらいの強さなんだ？」

「お前は、なぜ生きてる…そんなこと聞いてどう…」

ズズ
シャーミリアの爪があと五ミリ深く突き刺さる。

「グルイスは四番だ！　大隊の順位が強さの順位とされている！　俺の大隊は八番隊だった」

ファントムの元の体はグルイスというのか、相当強かったんだな。しかし、バルギウスにはまだ強いやつがいるってことだ。注意しておこう。

「今回バルギウスから来たのは千の騎士だけか？」

「そうだ！　嘘は言っていない、ただこの国中に我が国の兵士がいる！　どこにも逃げられないぞ！　船には小隊の隊長連と精鋭が制圧をしにいった！」

「そうか、分かった。シャーミリアもういいよ」

「はい、ご主人様」

ゴトリ
バウムの頭が床に落ちた。無くなった首から血が噴き出している。

「うっ、うわぁぁぁっぁぁぁ!!」

ラーテウスがパニクって逃げだそうとするが、すでに護衛の兵士は一人もいなかった。

「ラーテウス、お前にも聞きたいことがある。いいな?」

俺に化けた、ルフラの口で聞くと真っ青な顔でうなずいた。

「この国に来たファートトリア神聖国の千人のうち魔法師団員は何人だ?」

「そ!　それは!」

シャーミリアがまた睨《にら》みつける。

「ひっ!　わっ分かった、殺すな!　あっ、三百だ。三百人の魔法師団員がいる」

「そうか。教会の騎士の強さは?」

「バルギウスの隊長格のようなものはいない!　しかし強い者はいる!　そ、そうだ!　まもなくここにやってくる、私に何かすれば逃げられんぞ!」

「この周辺にもいるのか?」

「そうだ!　国中に我々の同胞《どうほう》がいる。お前たちはもう逃げられんぞ!　私が口利《くちき》きをしてやる!　な!　だから殺すな!　殺さなければ温情でお前たちの地位は約束されるぞ!」

これ以上は特に情報はなさそうだな。

「シャーミリア、もういいぞ」

ゴトリ
ラーテウスの首も床に転がった。

バウムめ！　いきなり俺を斬りやがったな。ルフラごめんな…大丈夫だろうけど。

そして俺とファントムがいる隣の建物の屋根の上からは、空から機関銃を撃ちこむルピアが見えていた。とりあえず迎賓館《げいひんかん》の周辺は彼女に任せておこう。バウムも大したことなかったし、ラーテウスはおそらくファートリアのただの貴族。こんなもんなのか？　何かひっかかるな。

「よし！　中は片付いた！　建物に火をかけられたら厄介《やっかい》だ！　一気に迎賓館に飛ぶぞ！」

俺が先に迎賓館の屋根の上に着地した。後ろからファントムがジャンプして飛んでくる。

ドゴォオン
屋根に穴が空《あ》いてファントムが迎賓館の中に落ちてしまった。俺もその穴に一緒に落ちてしまう。二階の床を少し壊しながらも、ファントムがとどまって、落ちてきた俺を受け止めた。無理もない。M61バルカンを土台ごと担ぎ、バッテリーと弾丸ケースを背負っているのだ。数百キロの重量がある。迎賓館までの跳躍が大きかったため勢いがついて穴を空けてしまった。

「こっちで凄《すご》い音がしたぞ！」

人が大勢走ってくる音が聞こえた。

「ファントム、体当たりで壁を破れ」

廊下《ろうか》の壁に向かってファントムが走った。バガァンという音とともに壁に穴が空く。俺が追って出ると、廊下の両サイドから兵士が駆け寄ってきていた。

「ファントム、殺《や》れ」

キュィィイイイイ　ガガガガガガガガ！

Ｍ61バルカンが火を噴き、兵士はあっというまに血煙をあげて粉砕《ふんさい》されていく。いくつもの部屋を貫通して、廊下から外まで一直線に穴が空いてしまった。

「手持ちでＭ61バルカンなんて、ファントムにしかできないな…」

俺は反対方向からくるやつらにバレットＭ82ライフルを撃ちこんでいく。

ズドン！　ズドン！　ズドン！　バガァンバガァンバガァン
俺の狙撃を受けた兵士たちの頭が、鎖骨《さこつ》のあたりから消失していく。

「よし！　下に降りるぞ」

音を聞きつけ階段を上ってくる兵士たちが、Ｍ61バルカン掃射《そうしゃ》で血煙を上げて粉々になった。

「体が熱いな」

配下全員が召喚武器を使用して、俺に莫大《ばくだい》な魔力が流れ込んでくる。体の筋肉が何倍にもなっているようだ。一階に下りると向こうから、ギレザムとティラとタピが走り寄ってきた。

「ラウル様！　一階にはすでに敵兵はおりません。使用人などの一般人のみです」

ギレザムたちが一階を制圧したようだ。

「仕事が早いな」

バン！　と会食会場のドアを開けると、そこら中に敵兵の死体が転がっていて、中にはマリアとシャーミリア、マキーナ、ルフラが立っていた。めちゃくちゃ甘い香りがする。

「ギレザム！　ティラとタピを部屋に入れるな！　毒が焚《た》かれている！　そのまま外に出ろ！」

「は！」

屢巌香《るがんこう》が焚かれているため、魔人を近づけさせないようにする。ギレザムとティラ、タピが廊下を走っていくと、スラガとジーグがひょこっとトイレから顔を出した。

「お前たちも館から出ろ！」

「は！」

魔人を屢巌香の脅威《きょうい》から遠ざけた。

「デイブさん！　大丈夫ですか？」

「は、はい、えっ！　ラウル様がお二人？」

「ああ、ルフラ！　もう戻っていいぞ！」

「はい、アルガルド様」

ズズズズズズズ
ルフラは元の可愛《かわい》らしい、ライトブルーの髪の女性の姿に変化した。

「これは？」

デイブがとんでもないものを見て、目を見開いている。

「俺の影武者ですよ」

「本当にラウル様の周りで起こることには驚くばかりです」

俺はその時、くらっと倒れそうになる。

「ラウル様！」

「ご主人様！」

「アルガルド様！」

マリアとシャーミリア、ルフラに一斉に声をかけられ支えられる。

「強烈な臭《にお》いだ、この毒は俺にも効くようだ」

「早く出ましょう！」

「ええ、長居は無用でございます」

「ああ」

そのまえに、ポールを起こさなきゃな。

「シャーミリア、ポールさんを目覚めさせてくれ！」

「はい」

シャーミリアがポールを抱き起こし、ふっと揺らした。

「う、うーん」

「ポールさん！　大丈夫ですか？」

「あ、ああ！　ラウル様、大変な失態をお許しください！」

目覚めたポールがいきなり謝罪をはじめた。うろたえているポールを落ち着かせるために、微笑《ほほえ》みかけて話を続ける。

「ポールさん、館内に使用人やメイドなどいませんか？」

「キッチンルームと控え室におるはずです」

「シャーミリア、マキーナ、ルフラ、この建物内にいる人を全てエントランスに連れてきてくれ。その際、今日出す予定だった料理も運ばせてほしい」

「「「かしこまりました」」」

その後エントランスに、館内にいた使用人全員を集めた。

「じゃあポールさん！　グラドラムの人と他国の人の選別をお願いします！」

「はい、この方とこの方…」

ポールが人を選別してゆく。ひととおり終わってグラドラムの民十五人と、バルギウスやファートリアから来た二十人が分けられた。残った他国の使用人の年齢は、上は六十歳から下は十四歳くらいだった。メイド服やモーニングを着た使用人などさまざまな人がいる。

さてと。

ここから俺の仕事が始まるのだった。

「ポール領主とデイブ宰相はグラドラムの民を連れて、安全な屋敷に避難してください」

「は、はい！」

「皆様には辛《つら》い思いをさせてしまいましたね、申し訳ありませんでした。皆さんは安全なところに避難をなさってください！」

「「「「はい！」」」」

「マリアとシャーミリア、マキーナ、ファントムはここに残れ！　他の全員でグラドラムの方たちを護衛するんだ！　行け！」

「「「は！」」」

ギレザム、ジーグ、スラガ、ティラ、タピ、ルフラがポールとデイブそしてグラドラムの民を連れて迎賓館を出ていった。残ったのは、バルギウスやファートリアから来た使用人二十人と俺たちだった。俺がおもむろに話を始める。

「さてと、お集まりのバルギウス帝国とファートリア神聖国の皆さん、お疲れ様です」

「な、なんです？」

「あなたは誰なんだ？」

「バウム様はどうした？」

「いったいなんだって言うんだ？」

ガヤガヤと残った使用人たちが騒がしくなってきた。

「ああ、すみませんね。この目の前に置いてある料理なんですけどね、いらなくなっちゃったんですよ。ですから皆さんでいただいちゃってください」

俺がそう言うと一瞬、皆が息を呑《の》んだ。

「……」「……」「あ…あの…」

「どうしたんです？　せっかくの料理です。冷めないうちにどうぞ！　高級な食材をお使いのようだ、こんな時でなければ食べられませんよ」

「いえ、偉い方にお出しする料理ですから…」「は、はは。私たちのような使用人が食べるわけには」「そうです。今日いらっしゃる予定の魔人様のために用意したんですから」

　ザワザワとバルギウスの使用人たちが騒ぎ出す。

「そうか…そうだな。偉い人に用意した料理だもんな、だけど捨てるのはもったいない。えっと、じゃあ、いちばん若そうな君。その可愛らしいおさげ髪の君だ。君はいくつなんだい？」

「十四歳です」

「どんな仕事を任されてるの？」

「できた料理を運んで、食器を下げるだけのメイドの仕事です」

「じゃあこんな高級料理は、なかなか食べられないだろうね？　代表して食べてみようか？　こんな豪華な物、食べたことないだろう？　遠慮《えんりょ》はいらないから食べていいよ」

「本当に良いんでしょか？」

「どうぞ」

「は…はい、では」

　少女がフォークを取って食べようとした時だった。

「こら！　やめなさい！」

　六十歳くらいの執事が女の子の手を叩いた。

「あっ！」

　少女が驚いたようにフォークを落とす。

「ん？　どうして止める？　俺がいいと言ってるんだから、食べてもらってもいいんだよ」

「いえ！　これは魔人の国の御曹司《おんぞうし》に食べさせるもので…」

「ああ、言ってなかったな。俺がその御曹司だ」

「!?!?」

全員が絶句し、真っ青な顔になって震え始めた。十四歳の女の子だけがキョトンとしている。

「じゃあ君はもういいや。先に行った人たちを走って追いかけてくれ。こんなおいしい料理を食べられなくて残念だけど、そのうち機会もあるだろう」

「は、はぁ…分かりました」

そう言って、彼女は悲しそうな表情を浮かべて迎賓館《げいひんかん》から走り去っていった。

「この中にバルギウスやファートリア以外から来た人いる？」

「い、いえ。全員がバルギウスかファートリア出身です」

「今、出ていった子の言葉の感じが違うようだけど？」

「あ、ああ彼女は、ユークリット出身とのことです」

やっぱりね、顔つきや言葉訛《なま》りからユークリットの人だと思った。

「なんで彼女だけユークリットからなんだ？」

「そこまでは…ただいつの間にか仲間に加えられただけです」

「まあいいや。じゃ、お前から食え」

白髭《しらひげ》の執事に言う。

「い、いえ」

「いいから、こっちに来い。そして食え」

モーニングを着た白髭の老人が、ガタガタ震えながら近づいてくる。

「あ、あの」

「食え」

老人がフォークを持ったその時。そのフォークで俺を突き刺そうとしてきた!!

パン！

次の瞬間、老人は額に穴を空けられて仰向《あおむ》けにひっくり返った。マリアがベレッタ92でそいつの額を撃ち抜いたからだ。

「なぜいきなりフォークで殺しにくる?」

「「「ヒッィィィ」」」

そこにいる全員が悲鳴を上げた。

「まあ仕方がない、次だ。じゃあそこの女！　そう！　お前だ」

「は、はい」

俺は次に偉そうな女を選んで呼んだ。

「食え」

「は、はい！　すぐに！」

ガタガタ震えながらフォークを料理に突き刺したが、なかなか料理を口に入れないで躊躇《ちゅうちょ》している。俺が拳銃を眉間《みけん》に突き付けると、口に入れてもぐもぐと咀嚼《そしゃく》して飲みこんだ。

「ぐ、ぐぇっぇぇえぇ」

女は口から、血と吐しゃ物を大量に吐きだして苦しみだした。目と耳からも血が噴き出してくる。バタバタと苦しみぬいて、そして…死んだ。下半身からも血が広がっていく。

てか、どんな猛毒だ？　ひどい死に方をしたぞ。

「これは？　どういうことだ？」

「仕方なかったんです!!　私たちの仕事だったんです!!」

「こんなものを食わせるのが仕事？」

「この毒は三年前にも、グラドラムに派兵された隊が持ち込んだと聞いています」

そうか、ガルドジンが食べたものがこれか。俺たちが口にする前でよかったよ。

「俺たちにこれを食わせるように言われたのか？」

「バウム様からの指示で、仕事なんです！」

言ったのは精悍《せいかん》な顔つきの使用人風の男だった。とにかくこの場を収めようと必死らしい。

「ほう？　仕事か…そうだな。仕事だよな。仕事なら俺の身内を皆殺しにしてもいいよな？」

「それは」

パン！

マリアに撃たれ、男が崩れ落ちる。

これぐらい見せしめをしたら、こいつらも二度とこんなことしないだろう。

「じゃあ、後の人間は食べなくていいや」

「はい」「ありがとうございます」「ひどいことをして申し訳ありません」

残った使用人たちがホッと胸をなでおろして、気が抜けたように力をぬいた。

「シャーミリア！　マキーナ！　二人でファントムと一緒に、館内を綺麗《きれい》に片づけちゃって」

「「かしこまりました」」

「あっ！　毒を食った遺体は吸収しても大丈夫なもの？」

「ファントムに毒は効きません」

「ならよかった」

にいっ、とシャーミリアとマキーナが笑う。

「ありがとうございます」

シャーミリアとマキーナが、屋敷内を処理しにファントムと入っていった。


すぐさま俺とマリアが迎賓館を出ると、上空からルピアが降りてきた。

「ラウル様！　だいぶうまく殺せるようになりましたよ！」

天使のような笑顔で伝えてくる。

「凄《すご》いな！　ルピア！」

「ありがとうございます！　やったぁ！」

航空戦力などないこの世界において、飛べる魔人と銃の組み合わせは、絶大な力をもつ。ハルピュイアのような非力な魔人でも、銃火器を使えば暴力的な強さを誇る戦力になるのだ。

「じゃあ、船から降りた部隊と合流しようか」

「はい！」

俺たちが動こうとした時、俺の無線機に連絡が入った。

「ガザムです」

「どうした？」

「マズルが負傷しました」

「なんだって？　怪我《けが》をしたのか？」

「はい。魔法師団から総攻撃を受けました。重傷です」

「直ぐそっちに行く」

俺が魔法師団の存在を掌握《しょうあく》していなかったばかりに、マズルに怪我をさせてしまったようだ。

大きな巨人の体が仇《あだ》になってしまったというわけか。魔法使いは巨人の脅威《きょうい》となるようだな。

「今も魔法の集中攻撃を受けております。お気をつけて！」

「どこにいる？」

「港を出て広場を抜けた岩壁に、足止めされています」

俺がガザムに出した指示は、洞窟《どうくつ》に集合というものだった。実は三年前逃げるようにしてグラドラムを出た時、あの洞窟に残してきたものがある。それを取りに行く予定だったが魔法師団に待ち伏せされていたようだ。隠したものは、レッドヴェノムバイパーの牙とウロコ、そして巨大な魔石だ。その話をルゼミア王にしたところ、危険だから回収してこいと言われたのだ。

「ガザム、そこから後退はできるか？」

「被弾覚悟であれば」

「じゃあ動くな」

「分かりました」

俺は正門に一人で向かったアナミスに無線で連絡を取る。

「アナミス、単独で行動させてすまない」

「いえ、ラウル様。こちらは問題なく対応できております」

「状況は？」

「正門付近にいた二百人ほどの兵は、全て眠らせております」

サキュバスの力は絶大だった。仲間が迎賓館で大変な目に遭《あ》っているというのに、きっと今ごろ外の兵士はいい夢見てるんだろう。

「分かった。まもなく援軍を回す。他に動きはないか？」

「特には、そして…」

「どうした？」

「眠っている敵兵の精をもらってもいいでしょうか？」

「ああ好きなだけどうぞ」

「ありがとうございます」

久しぶりの人間の大陸で、アナミスもお待ちかねだったらしい。シャーミリアとマキーナも喜んでいたし、ファントムもこれで補給ができそうだ。

「ご主人様、ファントムの捕食が終わりました」

「相変わらず早いな！　もう終わったのか！　館内にはかなりの遺体があったと思うんだが？」

「そして、ご主人様に仇《あだ》なす者たちも全て処理いたしました」

やっぱりそうなるか。まあそこまでちゃんと指示してなかったしな。とにかく次の指示だ！

「シャーミリア、外に転がっている死体を屍人《しびと》にして、正門に向かわせてくれるか？」

「かしこまりました」

うぅうう…あ、あ・あ・ズ・ズズズル、ズ・ズズ
倒れた騎士や魔法使いたちが、ゾンビとなって立ち上がって動き出した。これで正門付近の増援は問題ないだろう。ゾンビが歩いて行くのを確認した俺は、ポールたちを護衛しているギレザムに無線機で連絡をとる。

「ギレザム！　そっちの状況はどうだ？」

「はい、まもなくポール殿のお屋敷に到着します」

「中に入る前に、念のため屋敷の中をジーク、ティラ、タピに探らせろ。安全を確保してからポールさんと使用人を中に入れるんだ」

「はい」

次に俺はマクミランＴＡＣ－50スナイパーライフルを召喚した。

「マリア。この武器を使ってくれ」

FWS－S暗視スコープを取り付けてマリアに渡す。

「ENVG－B暗視スコープとゴーグルを連結すればハッキリ見えるはずだ」

「分かりました」

マリアはスナイパーライフルを受け取りENVG－B暗視ゴーグルをかぶって、狙撃用のFWS－Sスコープに連結した。俺は次に軍用の救助ストレッチャーを召喚した。

「シャーミリアとマキーナはこれにマリアを乗せて飛べるか？」

「問題ございません」

「ストレッチャーを土台にして上空からマリアに狙撃させる。今、ガザム隊が広場付近の岩壁に足止めを食っている。ファートリア魔法師団を、すみやかに排除して仲間を救出しよう。上空の安全圏から狙撃して魔法使いを撃破していく」

「「はい！」」

「ルピア、バックパックを降ろしてくれ、装塡《そうてん》済みのバックパックと交換するぞ」

「はい」

俺は新しいバックパックを召喚し、ルピアの空《から》になりそうなバックパックと取り換えてやる。

「マリア！　魔法師団を排除してくれ」

「はい」

「そして今ガザムたちと相対している魔法師団はおとりだ。敵は岸壁の上に潜んでいると考えられる。岸壁上に敵兵がいた場合はこちらを先に仕留めろ、こちらの攻撃で敵の陣形は崩れる。

その後、地上部隊をルピアがＭ２４０中機関銃で掃討《そうとう》する。ここまでの作戦で質問は？」

「「「ありません」」」

　マリア、シャーミリア、マキーナ、ルピアの返事が来る。そしてガザムに連絡を繋《つな》げた。

「そちらの様子は？」

「魔法の攻撃は止まっています。おそらくこちらが動くのを待っているのでしょう」

「ガザムたちは、俺たちが魔法師団を黙らせるまで待て」

「は！」

　通信を通して話していると、ギレザムから報告が入る。

「ポール邸には敵の見張りが四名ほどおりましたが、すみやかに排除しすべての人員を館内に入れました。次の作戦はいかがなさいますか？」

「よし！　俺たちの攻撃が終わるまで一番東側の家の陰に隠れていてくれ。俺たちが敵を制圧した後に負傷したマズルを救出し、ポール邸まで連れていってほしい。ポールさんはいるか？」

「はい」

「代わってくれ」

「ラウル殿！　無事に避難することができました！　ありがとうございます！」

　ポールが無線機越しにお礼を言ってきた。

「いえ、無事で何よりです。魔人が一人負傷しました。これから救出してそちらに連れていきます。治療をお願いできますでしょうか？」

「もちろんでございます！　それならば教会の神父を連れてきたいのですが」

「分かりました。ギレザムとジーグは、ポールさんを護衛して教会から神父を連れてきてくれ」

「「は！」」

「それでは作戦開始だ！」

「「「「はい！」」」」

召喚した兵器でかなりの兵を殺したため、俺には力が溢《あふ》れてきている。おかげで凄《すご》いスピードで走ることができた。一気に都市南側の岩壁に到達する。

「マリア！　岸壁上の敵兵攻撃に移ってくれ！」

**グラドラム上空SIDE**

私をベルトで固定したストレッチャーを、シャーミリアたちが持ち上げて飛んでいる。すぐにラウル様から攻撃指示が来た。

「シャーミリア、少し前方を下ろして」

「こうかしら？」

角度がついて墓地の地表がすべて見える位置についた。

「いい感じだわ。岸壁上に兵が見える。ラウル様のおっしゃった通りね」

「では、この状態で維持するわね」

「ありがとうシャーミリア。それじゃあ始めるわ。固定して」

ズドン！　ズドン！　ズドン！　ズドン！　ズドン！　ズドン

不安定な上空の暗闇の中でも、狙撃を外すつもりはなかった。マクミランＴＡＣ－50スナイパーライフルから発射される弾は、結界を張った魔法使いを次々と殺していく。火の玉や雷を手に浮かべた魔法使いが脳天を撃ち抜かれて死んでいく。

「ルピア、魔法使いは黙らせたわ。機銃掃射して」

「はい」

ルピアに無線で指示をすると、ルピアは上空から地表に向けて機銃を撃ちこんでいく。ＥＮＶＧ－Ｂ暗視ゴーグルごしに見ると人間が光の輪郭《りんかく》を浮かべて、左へ右へ蜘蛛《くも》の子を散らすように逃げるのが見える。上空からの攻撃では隠れるところなど一切なかった。

ガガガガガガガガガガガガガガガガ

Ｍ２４０中機関銃の掃射が、容赦《ようしゃ》なく地表にいる兵士たちを倒していく。

「なっ、なんなんだ！」「死んでる！」「どんどん死んでいくぞ!!」「逃げろぉ!!」

魔導士や騎士たちはどこから攻撃されてるのかも分からず、なすすべもなく死んでいった。

マリアとルピアたちの攻撃の音を聞きながら、俺とファントムが所定の位置に到着した。目の前の魔法使いたちが、戦闘音に動揺《どうよう》し慌てているのを確認する。

「よし！　マリア、地表の岩陰に隠れているやつらが見えるか？」

「はい、はっきりと見えます」

「片付けろ」

「はい！」

地表でまた魔法使いの一人が、頭を撃ち抜かれ即死した。

「なっなんだ！」「死んだぞ！」「おっおい！」「し、死んでる」「まっ魔法の攻撃だ！　魔法で反撃しろ！」「どこからだ？」「結界を張れ！」

魔法の攻撃に対し結界を張ろうとしているところを、マリアが的確に撃ち抜いていく。

「よし、じゃあ俺も攻撃に参加するか」

俺も相手の位置がしっかりと特定できた。狭い岩場に隠れているらしいが、魔法使いたちは、謎の攻撃に動けなくなってしまったらしい。すぐさまＭ２２４ 60㎜軽迫撃砲を召喚した。

「方角も距離もこのくらいかな？」

微調整してＭ２２４ 60㎜軽迫撃砲の狙いを定めていく。

「試しに一発撃つか」

砲弾を用意して迫撃砲に入れると同時に、軽い音を立てて敵のいる方向へ砲弾が飛んでいく。

ズガァアーン！

あ、五メートルぐらいズレちゃった。微調整っと。

シュパッ！　ズガァーアン！

直撃した！　よし、この方向で問題ないようだ。

シュパッ!!　シュパッ!!　シュパッ!!　シュパッ!!

砲弾を次々と放り込んでいくと、凄い爆炎と煙で敵がいる場所が見えなくなってしまった。

「ラウル様！　敵の様子が見えなくなってしまいました」

マリアから無線が入る。

「すまん」

「次はどうしますか？」

「少し待て」

俺は無線をティラとタピ、スラガにつなぐ。

「ティラ、どこにいる？」

「所定の位置についています」

「おそらく敵からの魔法攻撃はない、スラガと一緒にガザムのところまで走ってくれ」

「はい」

俺はひとまず、マズルを優先して救出することにする。

「マリア、シャーミリア、マキーナ！　俺のところに降りてきてくれ！」

「「はい！」」

すぐにマリアとシャーミリア、マキーナが俺のところに降りてきた。

「マキーナはファントムと一緒に敵の場所に切り込んで、敵の生存者状況を確認してくれ」

「「分かりました」」

「十分注意しろ、動くものがいたら容赦なく撃て」

「はい！」

マキーナとファントムが、魔法師団が隠れていた場所に切り込んでいくと、すぐさまガザムから連絡が来た。

「ティラとタピが来ました。こちらに魔法の攻撃は来ないようです」

「分かった！　ティラとタピはマズルをポール邸に連れていけ！」

「「はい」」

「ガザムとゴーグとダラムバはすぐに、マキーナとファントムに加勢しろ」

「「「は！」」」

するとその時、マキーナから通信が入った。

「ご主人様、加勢を急ぐ必要はございません」

「どうした？」

「動ける人間はおりません！　ほとんど死んでいます。死体は原形をとどめてないようです」

「分かった。ならばガザムとゴーグ、ダラムバ、スラガは俺のところに来い」

「はい」

マズルの救出は無事に終わった。

「シャーミリア。なんか簡単すぎるように思うんだが、こんなもんかな？」

「そうですね…。三年前のあの時、用意周到にバルギウス帝国がしいた罠《わな》に比べ、かなり単純な感じがいたします。ファートリアの魔法師団も一緒になっているとすれば、もっと苦戦を強《し》いられて然《しか》るべきかと」

「さっきから、ちょっと気になってることがあるんだが…俺を抱いて上空へ飛んでくれないか」

「かしこまりました」

俺はシャーミリアに抱かれ、ぐんぐんと夜の空に浮かび上がっていく。すると…空からグラドラムの街がすべて見渡せた時、あるものが見えてきた。

これは…なんだこれは？

「魔法陣だ…」

なんと、グラドラムの街全てを使った魔法陣が描かれて、薄っすらと輝きをはなっていた。

「魔法使いがいないのに光ってる？」

しかも魔法陣にしてはデカ過ぎないか？

「これは、なんだ？」

「これは、いったい？」

俺とシャーミリアの声がかぶった。

おそらくなんらかの罠だとは思うが、何が起こる？

間違いなく、かなり危険な状態だと俺の勘が警鐘を鳴らしている。

「シャーミリア！　ポールさんの元へ急いで降りてくれ！」

「かしこまりました！」

俺とシャーミリアは漆黒《しっこく》の空から一気にグラドラムへ急降下する。

「全員聞け！　急いでギレザムとジーグの元へ合流しろ！」

「「はい！」」

教会から神父を連れて逃げてきているであろう、ギレザムとジーグにも連絡を取る。

「どこにいる？」

「は！　ポール領主と神父たちを連れて邸宅へと戻っている途中です！」

「戻るな！」

「は？」

「そこに待機しろ！」

「は！」

そして俺は次に、ティラとタピに連絡をする。

「ティラ！　今の状況は!?」

「マズルを連れてポール邸に向かっているところです」

「ポール邸には行くな！　マズルを連れて船に戻れ！」

「は、はい！」

ティラとタピは、踵《きびす》を返してマズルを連れて船に戻っていった。ルフラにも無線で指示する。

「ルフラもポール邸の見張りをやめてギレザムに合流しろ」

「邸の中の使用人は放っておいても大丈夫でしょうか？」

「なによりお前が心配だ！　とにかく来い」

「はい！」

ルフラはポール邸の外で機関銃を構えて警戒していたが、俺の方に向かって走り出す。

「アナミス！　聞こえるか？」

「はい」

「持ち場を離れていい。グラドラム内に入り、ギレザムたちと合流しろ！」

「分かりました。眠りが解けてしまうものがいるかもしれませんが？」

「かまわん！　シャーミリアが送った屍人《しびと》に任せておけ！　急げ！」

「はい！」

そして俺は船にいるダークエルフに連絡を取る。

「まもなくティラとタピがマズルを連れて船に着く、迎えに出てくれ！」

「かしこまりました！」

「ティラ、タピ、マズルを救出後、俺たちを置いてすぐに港を出ろ。できるだけ沖へむかえ！」

「了解です！」

全ての連絡を終えたころ、シャーミリアと俺がポールの元に降りる。ギレザムとジーグに護衛されていた三人の神父たちも、急に現れた俺とシャーミリアに驚いていた。そこでポールが話しかけてきた。

「ラウル様！　どうされました⁉」

「ええ、ポールさんに少しお尋ねしたいことがありまして、急遽《きゅうきょ》、駆けつけました」

「尋ねたいことですか？　なんなりと！」

「俺が魔人の国に行っている間、グラドラムは平和でしたか？」

「平和ではありませんでした。私の力が及ばずに申し訳ございません。美しい女も逞《たくま》しい男も、かわいらしい子供もみな…ファートリアかバルギウスへ連れていかれてしまいました」

ポールが怒りに顔を真っ赤にし、こぶしを握り締めて涙をためて言う。

「そうでしたか。ではこの手紙は？」

俺は船で、デイブがポケットに忍ばせた手紙を見せる。

「えっ！　ラウル様！　この手紙はいったいなんです？」

逆にポールが俺に聞いてきた。

「デイブ執事から受け取ったものです」

「私の字ではございません。私はこれを書いておりません」

「やはり、そうか」

「これを？　デイブから受け取ったのですか？」

「そうです。ファートリアのラーテウスとバルギウスのバウムの対応から考えて、この内容に少しひっかかっていたんです」

　ポールは考え込むように黙ってしまう。

「ラウル様、グラドラム圧政に苦しんでおります。連れていかれた民は帰ってこず、地獄のような日々を送っておりました。その旨《むね》は、以前こっそり書簡で魔人の国の船に乗せたはずなのですが、ラウル様はそれをお読みになってはいませんか？」

「おそらくそれは俺の元へは届いていません。魔人の国にいたころは、グラドラムは魔人国の脅威《きょうい》の傘の下で、穏やかに暮らしていると聞いておりました」

「平穏？　そのようなことは、一度もございませんでした」

　神父のひとりが不安な顔でポールに尋ねてきた。

「ポール様よ、これはどういうことでありましょう？」

「クルス神父、わたしにもよく分かりません」

　ポールが困ったような顔でクルス神父に答えている。

「ラウル様、私は元のラシュタル王国からきたカリスト・クルスと申します」

「はい」

「私のいたラシュタル王国は、ファートリア及びバルギウスの支配下に置かれております。国王一族や兵は皆殺しにあいました。いまは酷《ひど》い圧政に苦しんでおります。グラドラムだけは魔人の国との窓口の役割があり、ポール様は殺されずに残されました」

「ラシュタルもか」

「はい、一度も平和だったことなどございませんでした。私もおめおめと生きながらえグラドラムにたどり着き、ポール様の庇護《ひご》の下で神父をさせていただいているのです」

「シュラーデン王国も同じ状況ですか？」

「おそらくは。戦火はシュラーデンにも及びましたから。私はすんでのところで国を出ましたので、それ以上は分かりません」

　ということは、ポールさんの書簡を検閲《けんえつ》していたのはデイブか。どういうことだ？　グラドラムを取り仕切っていたやつが何でこんなことを？

「ポールさん、俺たちと一緒に決起するつもりでしたか？」

「ラウル様と話をするまでは、行動の決定はできかねておりました。しかし、この手紙を読めばすぐに決起する、すぐに戦うというように見えます」

「かなり巧妙な文章で俺もまったく疑いませんでした。辻褄《つじつま》が合っているからです。しかし何かおかしいと、ひっかかっていたんです」

「なぜ、デイブが？」

　こんなところで推理をしている時間はないな。

「とにかく緊急を要する事案がおきてます」

「どうすれば」

話していると西側からアナミスが来る。東側からガザム、ゴーグ、ダラムバ、巨人化したスラガ、ポール邸からルフラも合流。南側壁面付近からはマリアがファントムの手に乗ってマキーナと来た。上空からもルピアが降りてくる。

「よし。全員揃ったか」

魔人は全員、俺の指示を待つ。

「俺とシャーミリアとマキーナは、デイブに確認するためポール邸に向かう」

「「は！」」

「あとは全員武装したまま街の正門から外に出ろ！　外から敵兵が来たら全て殲滅《せんめつ》だ！」

「「「は！」」」

「シャーミリア、俺を抱いて飛んでくれ！」

「は、はい」

そして俺はシャーミリアに抱かれ、マキーナとあっという間にポール邸にたどり着く。すると邸の前に一人の少女が倒れていた。毒を食べなかったユークリット出身のおさげ髪の少女だ。

「おい！　おまえ、なんでここにいるんだ？」

「御曹司《おんぞうし》…。わたしは先に逃げた人たちを見失い迷ってしまいました。やっとポール様の御屋敷を見つけたのですが、中には入れてもらえませんでした」

「どういうことだ？」

「分かりません。なにかで殴《なぐ》られ気が付いたらここに」

ファートリアやバルギウスの人間じゃないから、こいつははじかれた？

俺がポール邸の玄関を開けると、中から強烈な屡巌香《るがんこう》が臭《にお》ってきた。

「ご主人様！　これは？」

「くっ！　どういうことだ？」

俺もシャーミリアもマキーナも想定外の出来事に次の判断が鈍った。するとポール邸の屋敷の周りが光り輝いた。

「しまった！」

屡巌香を吸い込み俺は膝をつき、更に光の結界が発動しシャーミリアたちも苦しみ始めた。

ブービートラップ…

「ど、どうされましたか！　御曹司！」

「ぐうっ」

屡巌香が結界の中に充満していくのだった。

「あっあの！　私はどうしたら！　すぐに誰かを呼んできます！」

「ま、待て！　お前はなんともなく動けるんだな」

「はい！　大丈夫です！」

「俺たちの代わりに屋敷の中を見てきてもらえるか？」

「分かりました」

そして俺が味方に無線で現状を伝えようとした時、マリアの方から通信が入ってきた。

「ラウル様！　街の外から敵兵が大挙して押し寄せています。松明《たいまつ》の光が無数に見えます！」

「くそ！」

このタイミングでか、間違いなく計算ずくだな。

「魔法使いも大勢いるようです」

「ひとまず全員、壁の内側に入れ！　巨人のスラガは巨体をさらすな！　ルピアも飛ぶなよ！」

そうなってくると、マリアのスナイパーライフルが頼みだった。

「マリアたちは城壁の上に登り狙撃してくれ！　なんとか敵兵を食い止めろ！　ごふっ！」

俺は、大量に血を吐いていた。

「ラウル様！　どうしました!?」

「いや、なんでもない！　俺が行くまで、敵を食い止めるんだ！　いいな！」

「了解しました！」

「ゴボッ」

これではガルドジンや配下がやられるのも無理はない。毒が俺の体を回り始めたのだった。

そして更に異変に気がついた。振り向けば町の中央が赤い光で輝いている。そこには巨大な魔石が浮かび上がっていた。その魔石から、グラドラム全体の魔法陣に光が注がれているようだ。

魔石にこんな使い方があるとはな。ルゼミア王が危険と言っていた意味をやっと理解した。

グラドラムの都市全体が赤い光を帯び始めているようだ。

「ゴボッ」

俺はまた血を吐いた。

「ご主人様！　ご主人様！」

「シャーミリア。少しばかり毒が効いたようだ」

「消滅してでも私奴《わたくしめ》が、お救い致します！」

「ま、まて！　それはダメだ！」

「ですが！」

シャーミリアが慌てふためいている。まずは落ち着いてもらおう。

「ゴホッゴホゴホ」

「ああ、ご主人様！」

「それならば私が！　私が消滅したとしても、シャーミリア様さえいれば！」

「ダメダメ、ダメ。絶対！　マキーナも必要なんだよ。ちょっとまてよ！」

「ゴボッ！」

「ああ！」

吐血しても俺の意識ははっきりしている。おそらく魔人側の部分が毒でやられているようで、魔力が消耗《しょうもう》していくのが分かった。体から魔力が抜けてしぼんでいく感覚。おそらく俺に人間側の半分がなければ、動くことすら難しかったかもしれない。ハイブリッドの体に感謝だ。

「とにかく、お前たちも光の結界から出なければまずい！」

「私奴のことなどどうでもよいのです！　ご主人様さえ生き延びられれば」

「おまえたち！　冷静になれ。大丈夫だ！」

光の結界のおかげで、ヴァンパイアのシャーミリアとマキーナが動けなくなってきた。こころなしか灰になりかけている？　するとポール邸の中からおさげ髪の少女が戻ってきた。

「あの、中には誰もいません！」

「誰もいない？」

「はい、誰もどこにも見当たりません」

「えっと、君の名前は？」

「カトリーヌです」

「カトリーヌ、君はどうして屋敷に入れてもらえなかったんだ？」

「私が本当は貴族だと気づかれたからかもしれません」

「貴族？」

「はい。これまでは敵に殺されぬように、ある方からかくまってもらい、町民に預けられ普通の子として生きていました。そしてグラドラム行きの使用人の集団に紛《まぎ》れ込んだのです」

「それがばれた？」

「それを仲の良い使用人の数人に話してしまいましたから」

「どうして俺に正直に言う？」

「分かりません。なぜだかあなた様には正直に話していいような気がしました」

「とにかく、話は後だ」

まずはここを突破して、みんなのところに合流するのが先決だ。

「マリア！　聞こえるか？」

「はい！」

無線機は、魔力で作られた結界には何の干渉もうけずに連絡できた。

「やつらは完全にこの機会を待っていたようだ」

「この機会？」

「ああ、完全な罠《わな》だ。まんまとはめられたよ。ポールさんはそこにいるか？」

「はい」

ポールが慌てたように無線機に叫ぶ。

「そちらからも見えておりますか!?　町の中央に大きな赤い光が！」

「ああ、見えている」

「これはなんでしょう」

「おそらく街ごと罠になっているようだ。それよりも、デイブと使用人たちがいなくなっているんだが、何か知っているか？」

「デイブが？　いえ、屋敷にいるはずですが」

「もぬけの殻《から》だったよ」

どっちだ？　ポールはどっちなんだ？　敵なのか味方なのか？　俺の体力的にもそろそろ限界だった、動かねば死んでしまう。シャーミリアとマキーナも這《は》いつくばってしまった。

「では一体彼らはどこに？」

逆にポールに質問される。

「分からない」

「わ、わわ！」

ドゴーン、ゴパーン!!　無線機の向こう側から爆発音が聞こえてきた。

「どうした？」

「て、敵の魔法師団がこちらに魔法攻撃をしておるようです」

最悪のタイミングで敵の主力部隊が動き出した。俺は全員に向かって総攻撃の指示を出す。

「全員、攻撃開始だ！　すぐ行く！　待っててくれ！」

「「「は！」」」

その前に船が港を出たか確認せねばならない。船が沈められたら俺たちに逃げ場はない。

「ティラ！　今はどうなっている？」

「船は…離れ沖に向…ガッ…ています…」

どうやら船が沖の方に向かっているらしく、通信が途切れ途切れになる。

「とにかく沖に出ろ！」

「分か…ま…ガッ！」

切れた。とにかくシャーミリアとマキーナが虫の息だ。ちと体と魔力に不安があるが、俺にはこれしかない！　俺の体！　もってくれよ！

「うっ、がぁぁぁぁ」

ズゥウンン！

俺たちの前に鉄の塊《かたまり》が出てきた。

「ハァハァ、でっ出た！　召喚できた」

ポタポタと口元から大量に血がしたたる。

「ご主人様！　大丈夫ですか！」

「俺は問題ない。というかお前たちのほうが深刻だろう」

「いえ」

いやいや…なんかちょっと崩れてきているし。

「とにかくこれに乗り込め」

俺は、ロシアのBMP‐Tテルミナートル、通称ターミネーター戦闘車両を召喚した。

「シャーミリア、手を！」

シャーミリアに手を伸ばす！　シャーミリアを引っ張り上げて天井の入り口から中にいれた。灰になりかけている手が取れなくてよかった。次はマキーナだ。

「マキーナ、手を出せ！」

マキーナも引っ張り上げる。するとカトリーヌも、どうしたらいいのか分からないような顔をして、俺を見ていた。

「お前も来い！」

カトリーヌも天井に引っ張り上げて入り口に入れる。最後に俺が乗り込んでハッチを閉めた。

魔人の国の山脈で人知れず、操縦を練習したんだ。乗りこなすようになるまで本当に苦労した。

装甲車とは操作が全く違う。前世でも乗ったことなんかなかったからな、でもできる！

「ごほっごほ」

口から血がしたたる。

「ご主人様！」

シャーミリアとマキーナが俺を心配そうに見ているので、親指を立ててみせた。

グォオオオオン
こいつ…動くぞ！

まあ死にかけているのでプチネタはやめておこう。俺たちが乗るターミネーター戦闘車両が前進し始めた。すると光の結界が割れ、ターミネーター戦闘車両は物ともせずに突き進んでいくのだった。

「ご主人様！」

「治療を！」

光の結界を抜けて、シャーミリアとマキーナがあっさり復活した。俺を心配している。

ヴァンパイアすげえ！

「俺は問題ない。体は動く！」

ポール邸の周辺に巨大魔石で発動する、光の結界の魔法陣が設置してあったのだろう。

しかし魔石にはこんな使い方があるのか。街の全域に描かれた巨大な魔法陣はなんの効力があるんだ？　シャーミリアとマキーナに影響がないところをみると、光属性じゃない。なんだ？

巨大魔法陣の正体が分からないまま、味方のいる元へひた走っていく。

## グラドラム正門マリアSIDE

「迎え撃つ！」

ラウル様から攻撃の指示が出たため、魔人に号令をかける。魔法師団の前方には騎士が盾を持って防御の陣形をとっていた。後方の魔法使いからは火、氷、雷、岩魔法が飛んでくる。遠距離から飛んでくるその魔法攻撃を、街を囲む岩壁が防いでいた。

「おそらくは魔法が壁を突き破って、都市の内部を攻撃することはない。魔法で先制して騎士が都市内に突入してくるぞ！」

ギレザムが皆にそう伝える。ラウル様の指示である、正門を突破されるわけにはいかない。

「私が魔法使いを殺《や》る、みんなは前方の騎士団を！」

「「了解！」」

ラウル様が召喚して下さった、マクミランＴＡＣ50スナイパーライフルが火を噴いた。

ズドン！

魔法使いが頭から血煙をあげて倒れる。

「次」

ズドン！

ラウル様の召喚して下さったライフルは、寸分の狂いもなく魔法使いの眉間《みけん》を撃ち抜いた。

しかし敵は怯《ひる》まなかった。自分たちの命などお構いなしと言わんばかりに、魔法師団は魔法を撃ち続け、騎士も前進してくる。

「どういうこと？　あんなに魔法を撃ち続けたら、いくらファートリア神聖国の魔法使いでも、じきに魔力がつきてしまうわ」

私は疑問に思いながらも次弾を放つ。また一人死んだ。だが前方の騎士団は盾をかまえ、臆することなく進んでくる。騎士が射程に入り、ルピアのＭ２４０中機関銃が火を噴いた！

ガガガガガガガガガガガガ
ルピアの射撃を皮切りに、スラガがＭ１３４ミニガンを、ルフラもアナミスも攻撃を始めた。

キュイイイイイン！　ズダダダダダダダダ！

凄《すさ》まじい機銃掃射《そうしゃ》に騎士団たちが先頭のものから、将棋倒《しょうぎだお》しに倒れていく。隠れるところもなくなすすべなく死んでいくのだった。更に盾をなくした騎士に対し、ギレザム、ガザム、ゴーグ、ダラムバ、ジーグ、スラガが、ＦＮスカー自動小銃を撃ち込んでいった。極めつけはファントムが装備したM61バルカン砲だった。M61バルカンを土台ごと担ぎ、超重量のバッテリーと弾丸ケースを背負いながら、砲先を振り回した。すると騎士団が泥人形のように粉微塵《こなみじん》になって吹き飛んでいった。

ズドドドドドドドド

戦場には近代兵器の暴威が吹き荒れ、あっという間に二千人の将兵が数を減らしていく。異世界の騎士や魔法使いは、凶暴な銃火器の前では無意味だった。だが疑問が浮かんでくる。すると私の側で魔人たちも疑問の声をあげる。

「どうしたことだ？」

ギレザムがつぶやく。

「敵が引かない？」

ガザムも疑問に思っていたらしい。

「おかしいわ、このままでは全滅するというのに、進攻をやめない」

私もその違和感に気づいていた。いくら攻撃をしても敵主力部隊の突撃行動が止まらない。

キュラキュラキュラキュラキュラキュラ

ある音が聞こえてきて、皆が攻撃を止めた。街の中から不思議な鉄の乗り物が出てきたからだ。こんな物を出せるのはこの世に一人しかいない。現れたのは、30㎜機関砲×2、対戦車ミサイル連装発射機×2、7・62㎜機関銃×1、30㎜自動擲弾発射機×2という武装をもった、戦車とは違う対人戦闘に特化した戦闘車両だ。戦車を改良して作られたこれは、人間から見れば化け物そのものだった。

皆がいる正門に到着し、俺が天井ハッチを開けて顔をだす。

「ラウル様！　何かがおかしいのです！　敵が引きません！　何か狙いがありそうなのです！」

「どうしたんだ？」

魔人たちの容赦《ようしゃ》ない攻撃に圧倒されていたポールが、俺の所に近づいて伝えてくる。

「ラウル様！　ご配下様たちの苛烈《かれつ》な攻撃を受けても、敵兵が前進を止めないのです。自殺行為ともとれるような！　何か思惑があるのでは？」

「いったいなんだ？　巨大魔法陣とタイミングを合わせたように、何を企《たくら》んでいるんだ？」

すると、カリスト・クルス神父が後ろの二人の神父に話しかけていた。

「どうしたのですか？」

後ろの二人の神父が、俺たちを見てガタガタと震えているのだった。

「なんだ？」

俺が語りかけると、神父二人はさらに真っ青になった。

「ひっ！」

俺と配下たちを見比べるようにして後ずさる。

「どうしたのです？　あなた方？」

クルス神父が二人に詰め寄る。

「近寄るな！　偽善者が！」

「なっ！　何を言っておられるのですか？」

「魔人が我々の味方だなどとほざきおって！　このような恐ろしい力を持ったバケモノたちが、人間の味方なわけがなかろう！」

二人の神父がかなり激昂《げっこう》して、叫びまくっていた。

「待ちなさい！　ラウル様たちはグラドラムのために命懸けで、戦っておられるのですよ！」

クルス神父が二人を諌《いさ》める。

「最初からデイブなど使えんと思っていたのだ！　悪の元凶を捕らえることもできん無能ではないか！」

ポールが驚いて二人に話しかける。

「デイブが、デイブがどうかしたのか？」

「まもなくあの方の審判が下る！　我々はお前たちをこの地へ足止めした功績で、神国で救われるのだ！」

「おい！　デイブのことを聞いている！」

ポールがキレて叫んだ！

「お前は愚かな王様だ、部下も使用人も無条件に信じおって！」

「いったい何を言っておるのだ！」

敵が目前に迫っている時に、人間同士が争い始めた。

「アナミス！」

アナミスがすぐに動いて神父二人に赤紫の霧をかけると、二人はストンとその場に座り込む。

「お前たちは何者だ？」

アナミスの力で、瞬間的に催眠《さいみん》におちた二人の神父に囁《ささや》きかける。

「我々はファートリア神聖国の神官」

するとクルス神父が驚いたように言う。

「ファートリアの神官？　隣国のシュラーデン王国から逃げてきた神父ではなかったのか？」

俺はクルス神父の言葉を遮《さえぎ》って聞く。

「審判とはなんだ？」

「神の炎がグラドラムを浄化する」

「浄化とはなんだ？」

「彼《か》の方が誰にも気づかれぬよう、二年の歳月をかけて用意した魔法だ」

「魔法？　どういう魔法だ？」

「悪《あ》しきものを浄化する魔法だ」

うーむ堂々巡りだ。これでは話が前に進まん。

「なぜデイブが裏切る？」

「彼の方の指示で、魔人の王子を捕らえるか殺すかすれば、グラドラムの民を全て救うと、我々がけしかけた」

「彼《か》の方とは？」

「アヴドゥル・ユーデル大神官様だ」

「大神官？」

クルス神父がなにそれ？　って顔をして聞く。

「ファートリアの教会で一番上位に立たれるお方は、教皇様では？」

「教皇は悪の手先に堕《お》ちた。いまはアヴドゥル大神官様さまこそが真の神の使い」

誰なんだ？　そのアヴドゥルとかいうやつは？

「アヴドゥルになんと言われた？」

「我らの命をもって魔人の王子と、その配下を滅ぼせと」

「そんなことをすればお前たちも死ぬぞ」

「私たちの命はアヴドゥル様が目指す平和のため、人柱として捧げられる」

これは盲信的な信者というやつか？　洗脳か？

「アナミス。二人をそのまま眠らせろ」

「はい」

ドサ！　二人の神父が崩れ落ちた。

「何ということだ」

ポールが驚愕《きょうがく》の表情で二人の神父を見つめていた。ポールは白だった。黒幕に踊らされているのはデイブだったらしい。疑って悪かった。

「ラウル様！　敵がもうすぐでこちらにきます！」

「分かった！」

ロシアの戦闘車両ターミネーターから、シャーミリアとマキーナを呼び出す。

「はいご主人様！」

二人がターミネーターから飛び出して俺の元に跪《ひざまず》く。瞬間移動のように。

「お前たちはこれを装備しろ！」

M２４０中機関銃とバックパックを召喚して装備させた。そして無線機でルピアに指示を出す。

「ルピア！　マリアを連れて降りてきてくれ！」

「はい！」

ルピアがマリアを抱いて岩壁の上から降りてきた。

「マリアは俺とターミネーター戦闘車両に乗ってもらう。ルピアとアナミスも乗れ！」

「「はい！」」

このふたりは魔人の中でも耐久力がない。安全圏にいてもらう。

「ルフラはこれを！」

スライムのルフラにはＡＫ47自動小銃を召喚して渡した。するとギレザム、ダラムバ、ゴーグから通信が入る。

「ラウル様！　弾切れです！」

「こちらも残りわずか！」

「ファントムも撃ち終わったようです！」

「ファントム、来い！　シャーミリアたちはM２４０中機関銃で城壁の上から敵を殲滅《せんめつ》しろ！」

「「はい」」

「ルフラは正門から自動小銃で銃撃しろ！　魔法には気を付けろ」

「はい」

これでいったん全員の弾丸の補充ができる。

「弾丸が無くなったやつから俺のところに来い！」

最初に現れたのはファントムだった。相変わらず俺の側でどこか遠くをみるように立っている。Ｍ61バルカン砲の弾倉ケースとバッテリーを取り替えてやる。

「よし！　お前は門の正面から攻撃しろ！　魔人たちを守れ！」

ファントムは数百キロのバルカン砲とバッテリーと弾丸パックを抱えて、俺の前からフッと消えるようにいなくなった。その後も弾切れした者から順番に俺の元に来て、フルのマガジンを数個持って持ち場に戻る。全員をフル装填《そうてん》で戻し、俺はポールに話しかけた。

「ポールさん！　先ほどまではあなたを疑っておりました！　大変申し訳ありませんでした」

「いえ、私が配下の裏切りに気がつかず、大変ご無礼をいたしました」

「我々はどうにかして、グラドラムにかけられた魔法を解除させようと思います！」

「分かりました！　何卒《なにとぞ》よろしくお願い申し上げます！　私は都市内の民を避難させます」

「じゃあこれを使って下さい！」

俺はＬＲＡＤ長距離音響発生装置を召喚した。鎮圧用の音響兵器だが高性能なスピーカーとしても使える。使い方を説明してマイクを渡すと、ポールが都市のなかに向けて話しだした。

「グラドラムの民よ！　ポールだ！　私の話を良く聞いてほしい。我々を解放するためにラウル様が立ち上がって下さった。私はこれに協力しようと思うておる」

家の中からどんどん民が外に出てきた。

「だがその前に聞いてほしい。忌々《いまいま》しいファートリアの神官とやらが、この街に罠《わな》を仕掛けたのだ。窓から外を見てくれ、真っ赤に輝く光を！」

みんな空を見上げて、赤く光り輝く魔石を見ていた。禍々《まがまが》しい光の塊《かたまり》を。

「まずは避難する必要があるのじゃ！　急いで逃げてほしい！　時間がないかもしれん！　東側の者はグラドラム墓地へ、西側の者は正門の外へ」

ポールが民を説得しているその時だった。

グラグラグラグラグラグラ
地震がおきた。

これはまずい！

俺はポールからマイクを奪って叫んだ。

「急いで西か東に逃げろ！　走れ！　子供を抱えろ！　老人には肩をかせ！　走るんだ！」

聞いた町人たちが、家から出てどちらかに走りだした！　無線機で配下全員に通達をだす！

「敵を押し返さないと市民の逃げ場がない！　全員攻撃しつつ前進しろ！」

「ポールさんもクルス神父も早く！　正門を出て！」

「しかし！　民が!!」

「おそらく時間がない！　早く！」

俺の剣幕に押されて、ポールとクルス神父も逃げる民たちと一緒に正門へ走り出す。俺は急いでターミネーター戦闘車両に乗り込んで、急発進させた。

「マリア！　機銃をたのむ！」

「はい！」

気がつけば、グラドラムの中心付近から細い火柱が上がっている。百メートル上空まで届くかという炎が龍のように上っていく。その直後だった。火柱を中心にして、あっという間に火柱が広がっていく！　巨大な炎の噴水のように。

「うわああ！」「あつい！　あついよう！」「逃げて！」「あなた！」「ママー！　ママー！」

あっという間に炎が広がり、人が、家が、火炎に呑《の》まれ蒸発していく！

ゴォオォオオ
灼熱《しゃくねつ》の炎が路地という路地に蛇のようにウネウネと、焼き尽くしながら広がっていく。津波のように炎が家々を呑みこんでいくのだった。街のあちこちから火柱が立ち、逃げまどう人を呑み込んでいく。迎賓館《げいひんかん》もポール邸も、教会も、商業ギルドもあっという間に燃えていく。

バアァァァァァ
都市の外縁部の魔法陣の縁が、円錐《えんすい》状に輪を描き逃げ遅れた人々の逃げ場をなくした。老人が、若い男が、若い少女が、子供を抱えた母親が、妹をおんぶした幼い兄が、親を見失って泣き叫ぶ子供が、老いた親に肩を貸す初老の女が、なすすべもなく焼き尽くされていく。魔法陣の外に出ることができた人間など僅《わず》かだった。

くっそぉ！　このためだったんだ！　敵の本隊は玉砕《ぎょくさい》覚悟の突撃は、俺たちをグラドラムに足止めして、焼き尽くすための罠だった!!　味方の命をなんだと思ってんだ！

「うおおおおお！」

ポールが必死の形相《ぎょうそう》で炎の街に戻ろうとするので、俺はガザムに指示を出す。

「仕方ない、ポールさんを押さえろ」

ガザムがポールに追いつき、首に手刀を落とすと白目をむいて倒れた。

「おおお、なんという！　なんという！」

クルス神父が跪き涙を流している。二人の神父が魔法陣の中で燃えさかりながら叫んでいる。

「神よ神よ、ありがとうございます！　我を救い給え！　わははひひひひ」「あはははは」

盲信的な神父二人はすぐに消し炭になってしまった。百メートルにも上る巨大な円錐状の火柱が、あたり一面を昼間のように照らした。

「なんだよこれ！　なんなんだよ！　これは！　畜生《ちくしょう》！」

「ラウル様！　敵が引いていきます！」

ギレザムから通信が入った。俺は配下全員に対して叫んだ！

「全員聞こえるか！　一人たりとも逃がすな！　皆殺しにしろ！」

魔人たちの総攻撃が始まる。逃げる敵兵の背中を銃弾の雨あられが襲い、大量に死んでいく。

そのたび俺に大量の人間の魂のエネルギーが流れ込んでくる。戦場の状況を確認するため、上空から攻撃しているシャーミリアの目の共有で敵陣を見ると、敵の本拠地らしきところが丸く光っている。

「あれはなんだ？」

敵の兵士たちがその光の輪に入るとどんどん消えていく。そしてその光の輪の後ろに誰か人が立っているのが見えた。

「あれは魔術師か？　あの魔法はなんだ？」

逃げる兵士は、光に到達すると次々と消えていく。

「ご主人様」

シャーミリアが俺の疑問を共有で察して、系譜を通じて脳に直接語りかけて教えてくれた。

「あれはおそらく転移魔法陣にございます」

「転移魔法？」

「人間界では禁術とされているようですが、間違いございません」

「あれは、敵兵はどこかに逃げているのか！」

「おそらくは」

「シャーミリア！　武器を捨てて、すぐ俺んとこに来い！」

ドン！

シャーミリアは瞬間でターミネーター戦闘車両の天井に降りた。

「全員この乗り物より後ろに下がれ！　ファントムもだ！」

配下たちは急いでターミネーター戦闘車両の後ろに集まってきた。

「お前たちはここにいて、もし敵がきたら迎え撃て！」

「「「「はい！」」」」

「シャーミリアは俺をあの光の上空に連れて飛べ！」

「かしこまりました」

シャーミリアは俺の胴回りを抱いて飛んだ。初速度はどれほどなのだろう。シャーミリアと俺はそこから消えた。二キロほど先にあった光の円を上空から見るとそれは魔法陣だった。どんどん逃げる兵士が光に飛び込んで行く。俺は速攻で９Ｍ１１１ファゴット・ミサイルシステムを召喚した。照準を光の円に合わせ、武器データベースを開く。

場所：陸上兵器ＬＶ４　航空兵器ＬＶ２　海上兵器ＬＶ３　宇宙兵器ＬＶ０　用途：攻撃兵器ＬＶ６　防衛兵器ＬＶ３　規模：大量破壊兵器ＬＶ２　通常兵器ＬＶ６　種類：核兵器ＬＶ０　生物兵器ＬＶ０　化学兵器ＬＶ０　光学兵器ＬＶ０　音響兵器ＬＶ２　対象：対人兵器ＬＶ７　対物兵器ＬＶ５　効果：非致死性兵器ＬＶ２　施設：基地設備ＬＶ３　日常：備品ＬＶ４　連結：ＬＶ２【連結ＬＶ１を選択する】

俺は散々吸い込んだ人間の魂のエネルギーのありったけを、９Ｍ１１１ファゴット・ミサイルシステムに供給する。俺が持つミサイルシステムは魔力で輝きはじめた。

敵の総大将に気づかれたか？

魔法陣の縁に立っている魔術師みたいなやつが、俺に気がついて慌てている。するとそいつは光の魔法陣の中に飛び込んでしまった。

「ちぃ！」

ズドン！　俺はすぐさまミサイルを射出した！

俺の魔力を最大限、たらふく吸い込んだミサイルが敵の光の輪に飛ぶ。しかし直撃する前に魔法陣の光が消え、魔法が閉じた地面にミサイルが着弾した。

ボゴゥン！　ガガーン！　ズゴゴゴゴゴゴ
着弾した場所から広がるように一瞬で直径百メートルに渡って光り輝いた。それに遅れて凄《すさ》まじい爆炎と破壊的な空気の膨張《ぼうちょう》が一気にあたりを吹き飛ばしながら膨らんでいく。魔法陣に飛び込もうとしていたやつらは、ものすごい爆発に巻き込まれて蒸発した。数秒後に二キロ先のターミネーター戦闘車両に届いた。ターミネーターの後ろに隠れていた人間には、スライムのルフラがバッと広がり包み込む。マキーナはなんともないように立っているが、服が軽く焼けている。ファントムもそよ風でも受けるようにどこか遠くを見て立っていた。爆風が収まり、魔法陣のあったところを中心にキノコ雲が上がってる。雲の所々が、雷のように光っていた。

はっきり分かることは二つ。敵の大将に逃げられたこと。そしてグラドラム首都が民ごと、この世界から消えたということだった。

# 第六話　戦いの後で

雨が降っていた。

俺が連結スキルでミサイルに魔力を大量流入させた結果、巨大爆発をおこしキノコ雲が発生したのだ。キノコ雲は泥や塵《ちり》を含み黒い雨となって降り注いだ。戦闘で生き残った敵兵は虫の息だったが、全て魔人がとどめを刺していく。流れた血も汚れた黒い雨が覆《おお》い隠していった。兵士の死体は爆散したのを含めて、四千体近くあったと思われる。前情報では二千だったのだが、転移魔法でどこからか送り込まれてきていたらしい。敵兵の死体は急ぎシャーミリアとマキーナにまかせファントムに処理をさせている。三時間もすれば夜が明けるだろう。シャーミリアとマキーナが日光で動けなくなる前に処理を終わらせる。ルピアには沖に出た船を呼び戻しに行かせた、朝には船を連れて戻ってくるだろう。他の者はグラドラム市街地に入り生存者を探している。すんでのところで正門から出た人間もいたが、ほとんどの人間は逃げることができなかった。グラドラムのほとんどが…死んだ。

「俺は、あの時と変わっていない。弱いまま何も強くなっていない」

　サナリアでは俺は小さな子供だった。まだ弱く誰も救うことはできなかった。しかし魔人の仲間たちと力を得た今はどうだ？　結局沢山《たくさん》の人々を守ることはできなかった。なにも変わらずたくさんの人を死なせてしまった。しかし俺には落ち込んでいる暇などなく、とにかく逃げた人の捜索が優先だった。魔法陣の中にいた人たちは絶望的で骨も残っていない。グラドラムの都市は見渡す限りの平地となってしまった。人影も建物もない。魔法の正体は、インフェルノという魔法ではないかとクルス神父が推測していた。しかしあれだけ巨大なインフェルノを見たことはないそうだ。あんな巨大な魔法は一万人の魔法使いでも、発動できないのではないかとのことだ。間違いなくあの巨大魔石が引き起こした暴威だった。そして、その魔石は跡形もなく、なくなっている。

　ガガッと無線機が鳴る。

「ポール様が目覚めました」

　看病していたマリアから通信が入った。俺が急いでポールの元へ向かうと、クルス神父がポールに回復魔法をかけていた。しばらくポールは朦朧《もうろう》としているようでボーっとしていたが、目に光が戻ってきた。

「わっ、わしの…グラドラムの…民が、街が…妻も娘もファートリアに差し出してまで守った民が！　うおおぉぉ！　うわぁぁぁ！」

　なすすべもなく泣きはらしていた。

　奥さんと娘を差し出すって…ポールさん…あんたって人は…

俺にはポールにかける言葉もなかった。

「ラウル様、墓地に人がいました」

ゴーグたちに岩壁の上の墓地方面を探索させていたら、どうやら生存者を発見したらしい。

「保護してくれ」

「それが、全員喪失状態となってまして」

「そうか」

「一人はデイブです」

「なに⁉」

ポールが鬼の形相《ぎょうそう》で俺とガザムの通信に反応した！

「ラウル様！　私を！　私を墓地まで連れていってもらえませんか？」

「はい」

俺たちはグラドラム墓地に続く石段を登っていた。俺とポールが先を歩き、護衛にルフラ、アナミスがついてきている。普段は高台にあたるこの石段からは街中が全て見渡せるのだが、黒い雨が振り止まず視界が悪い。墓地に着くと、ギレザム、ゴーグ、ジーグに囲まれてデイブと十五人ほどの民がいた。そこらにはマリアとルピアたちが始末した、ファートリア魔導士とバルギウス騎士の遺体がごろごろ転がっていた。

「ゴーグ、みんなの状況は？」

「もう死なせてくれの一点張りです」

するとポールが唇を噛《か》み締めながら、デイブの元に歩いていく。

「デイブ、おまえはなぜこのようなことを」

デイブは顔をあげることもできずにいた。他の民もみなすすり泣き、嗚咽《おえつ》がもれている。

「王よ」

デイブがようやく重い口を開いたが、それ以上話すことができないでいた。

「どうしたのだ？」

ポールが促すように聞いた。

「この三年間、あなたは自分の妻と子を人質として捧げてまで、民を守ってくださりました。約束ではそれで拉致される者はいなくなるはずでした。しかしファートリアとバルギウスは約束を違え、その後も人を連れていきました。私はそれが我慢できませんでした」

「それは全て私の責任だ、申し訳なかった。ならばどうしてファートリアに協力したのだ？」

「ラウル様を差し出せばもしくは殺せば、グラドラムを解放してやると言われました。さらにいままで囚われたグラドラムの民を全て返してくれると！」

「……」

ポールは絶句してしまった。しかしすぐに諭《さと》すように話を始める。

「ラウル様はあの時、命がけでグラドラムを守って下さり、滅ぼされることのないように、魔人との関係性を流布するように街の人たちに教え、守ってくださった英雄ではないのか？」

「しかし彼らが、ラウル様たちがこの地に来なければファートリア・バルギウス連合も、攻め入ってはこなかったのではと」

「愚かなデイブよ。ラシュタル王国やシュラーデン王国の現状を知らんのか？　グラドラムよりもさらに迫害を受け、人々は飢えをしのぐので精一杯なのだ。我々はグラウス魔人国との国交があるからこそ、食料や資材に困らんのではないか？　もしラウル様たちが来なければこんな辺境の地など、とうに滅びておるわ」

「はい。その通りでございました…。この惨劇《さんげき》が起きるまで私は見失ってしまったのです」

デイブは元々こんな人間ではなく、聡明で優秀な宰相《さいしょう》だった。三年の圧政でこれほどまでに追い詰められてしまったのだ。心の弱さにつけこまれ堕《お》ちてしまった。そしてポールは使用人たちの裏切りに気がつかずにいたのだ。その悔しさたるや心中察するにあまりある。

「いつからだ？」

「敵であるファートリア神聖国の神官の二人が、シュラーデン王国の神父に化けグラドラムに潜り込んだ時からです」

「二年も前なのか」

ポールは涙した。使用人に裏切られ続けた二年間…今にも崩れ落ちてしまいそうだった。

「それで、この恐ろしい計画を立てたのか？」

「いえ、私共はこのような恐ろしい結末になるとは思っていませんでした。本来はバルギウスから来た使用人たちが毒を盛って、魔人を全員殺す手はずとなっておったのです」

「馬鹿な！　魔人のガルドジン様は、長い間グラドラムを守ってきてくださったのだぞ！」

「魔人ならば人間ではないのだからと…、そう思ってしまいました」

どうやら魔人に対する差別は根強いようだった。たしかに前世で東京に魔獣や魔人が現れたら、警察や自衛隊が出て排除するかもしれない。ヴァンパイアや鬼や狼男などは、滅ぼさなくてはいけないものとして物語に出てくる。実際に魔女狩りなんていうのもあった。

今の発言で俺が疑問に思うことを聞いてみる。

「ならばなぜ毒を出す食卓までいかせなかった？　先に敵の騎士が斬りかかってきたぞ？」

「はい。私は人間のマリア様が、毒を盛る席に座るかもしれないと想像しました。そこでバルギウスのバウムを焚《た》きつけたのです。屢巌香《るがんこう》が焚かれ光の結界に捕らえられれば、毒を食べさせる必要はないだろうと。バウムと騎士たちでかかれば殺せると」

「それが失敗したと？」

「はい。ラウル様が斬られたのですが、なんと体が真っ二つになりながらも話し始めたのです」

ああ、俺に化けたルフラをバウムが斬ったからな、あれで決着がついたと思ったのか。そういえばその後で本物の俺が駆けつけた時、デイブは滅茶苦茶《めちゃくちゃ》驚いていたな。

「マリア様を助けようとして、そうなったというのだな？」

「はい」

そうだったのか。むしろマリアがいたおかげで俺は助かったようなもんだ。土壇場《どたんば》で、デイブと使用人たちの心が非情になれず甘さが出たらしい。

「そしてなんと、その後にラウル様は私たちを逃がしてくださったのです」

「ラウル様は恩人ではないか、そこでやめようとは思わなかったのか？」

「もう、後戻りはできませんでした。そうしなければ我々全員が殺されると思いました」

「なにを言っている！　結果がこれだ。お前たちは自分の親や伴侶《はんりょ》、そして子供や孫を燃やし尽くしてしまったのだ！　グラドラムに助けを求めてやってきた難民も、やっとこの地に生きる場所を見つけたのだ！　それを…この地で…すべて…」

　すると一斉に苦しむような嗚咽を上げ始めた。

「うううううぅぅぅ」「おぉぁぁぁぁぁ」「くぅぅぅぅぅぅ」「あぁぁぁぁぁぁ」

　デイブが血を吐くように言う。

「まさかこのような恐ろしい計画が進んでいるとは、聞いてはおりませんでした」

「魔人様たちを捕らえて差し出せなかった場合！　それが失敗した場合！　あやつらが何もお前たちに罰を与えないと思ったか？　グラドラムに被害が及ぶと思わなかったのか？」

　まさにポールの言うとおりだ。俺たちを捕らえて引き渡しても、拉致された人はおそらく戻ってこない、失敗した場合もっと酷《ひど》いことになることは予想されたはずだった。

「民が身内を連れていかれ、子供たちを連れていかれ…。その身を引き裂くような悲しみに、そして連れ去られた者たちを案ずる声に、その悲しみの声に、私は耐えることができませんでした。なによりもポール王の！　あなたの奥方様とお子様を取り返したかった！」

　あまりのことに、俺はつい口をはさまずにいられなかった。

「申し訳ありません、ポールさん。私がもっと早くに魔人たちとの訓練を終え、強くなって戻っていればこんなことにはならなかったでしょう。私が幼いばかりに！　軍隊を強化するのに三年もの年月をかけてしまった」

するとポールが俺の言葉を遮《さえぎ》るように話す。

「いいえラウル様！　違います。お言葉でございますが、あなた様は十分にやってくださいました。むしろたった三年で、これほど強力な兵を引き連れてやってきてくださるとは！　弱冠《じゃっかん》十二歳のできることではございません！　感謝のしようもございません！」

「いや。違うんだ…俺はこのグラドラムも故郷のサナリアも救えなかったんだ…」

「いえラウル様！　責任があるとすれば私です。部下の裏切りにも気がつかず、二年もかけて作られたこんな巨大な罠《わな》に気がつかず、グラドラム内に入り込んだ虫どもに気づかず」

するとデイブが話し始める。

「いえ！　王よ！　あなたは精一杯やってくださいました！　家族を差し出し、民を守るために必死にやってくださいました！　悪いのは私たちの裏切りだけです！　ただそれだけです…」

使用人たちも一斉に話し始める。

「ポール王どうか！　私たちを断罪ください！」「もうすでに家族も仲間も消え去り、生きている意味はございません！」「許してもらおうなどとは欠片《かけら》もございません！」「故郷も消え去ってしまいました！　殺してください！」

ポールは皆の声を黙って聞いていた。もう涙を流してはいなかった。そして決心したような顔でデイブと使用人たちに思いを伝えた。

「分かった。皆がこの惨劇を想像してはいなかったことも十分理解した。しかしもう遅かったのだな。お前たちが招き入れたこの災《わざわ》いのおかげで、万の民の命がなくなってしもうた。老人も若者も子供も赤子も皆消えてしまった。その命をもってしても償えない罪を背負ったのだ」

「う、うううう」「は、はい…」「おおぉぉぉ…」「うっ、うっぅぅ」

皆、言葉を発することができなくなってしまっていた。すると、ポールが一人ひとりに話しかけ始める。

「デイブよ。長い間、このような無能な王に仕えてくれて、最後にこの仕打ち…許せ」

「そしてジュリアよ。メイド長の仕事は大変であったろう。よくここまで頑張ってくれた」

「ダグよ。執事長のお前がいたから皆も頑張ってこられたのだ。礼を言うぞ」

「ナディア。キッチンメイド長のおかげで、味のいい料理を堪能《たんのう》できたぞ。皆が喜んでいた」

「サラよ…」

ポールは一人ひとりに思いを伝える。皆がこれ以上ないほどの嗚咽《おえつ》を漏《も》らしていた。

「皆、大儀《たいぎ》であった！」

「ポール王よ！　あなたにお仕えできて私たちは幸せでした！」「ありがとうございます！　私は幸せでございました！」「あなたのために働くことができ本望でございました！」

皆が口々にポールに礼を言う。最後にデイブが声を発する。

「どうして、こんなことになってしまったんでしょう…私はあなたの何を見ていたのでしょう？　本当に申し訳ありませんでした。そしてこんなバカな私を、最後まで信じていてくださってありがとうございました」

「デイブよ。俺が幼き頃から一緒にいてくれてありがとう」

もうポールはデイブを振り向くことはなかった。

「あの、ラウル様」

ポールが俺に今にも崩れ落ちそうな、懇願《こんがん》するような顔で願ってくる。

「ラウル様と配下様のあの技であれば、みな苦しまずにすむでしょう。どうか…どうか、お願いできませんでしょうか！　できれば、私の見ていないところで！」

「しかし！　俺にはそんな！」

「私は王として隣国の王代理に頼んでいるのです。ラウル様、私たちは一緒にファートリア・バルギウス連合と戦争をしているのです。何卒《なにとぞ》私の願いを聞き入れては下さいませんか？」

「あ、あの、それでも」

「お願い!!　お願いいたします!!」

ポールは俺の答えも聞かず、デイブたちを振り向くこともなくそのままグラドラム墓地を降りていった。背中一杯に悲しさが溢《あふ》れていた…

そう…俺はサバイバルゲームをしているんじゃない。戦争をしているんだ。断罪しなければならない時が来たのだ。俺がもっと強ければこんなことにならなかったのに。サナリアもグラドラムもこんなことにはならなかったのに！　ちくしょう！

苦しかった…しかし俺はポールの願いを聞き入れることにした。俺はルピアに連絡をする。

「ルピア、船は港に着いたか？」

「はい、今到着したところです」

「船から布をとってグラドラム墓地まで飛んできてくれるか？」

「はい」

しばらく待っていると、ルピアが布をもって飛んでくる。

「ゴーグ、ギレザム、ジーグ、ルピア、ルフラ、アナミス。みんなの目を塞《ふさ》いでやってくれ」

「分かりました…」

全員で一人ひとり、布で目隠しをしてその場に跪《ひざまず》かせていく。一列に並べられ目隠しをされたデイブ元宰相と十五人の使用人たち。黒い雨はいつの間にか止んでいたが、みな真っ黒に汚れきっていた。

そして俺は一人の後ろに立って後頭部にＶＰ９ハンドガンを突き付けた。

しかし…銃を持つ手が震える。

撃てない…

どうしても、引き金が弾けなかった。

するとデイブが俺に声をかけてきた。

「ラウル様！　最後の身勝手をお許しください！　皆を！　どうか、皆を早く楽にしてやってはいただけませんか？　これ以上苦しい思いをさせぬよう何卒！」

デイブに続いて全員が口々に、楽にしてほしいと俺に懇願してきた。躊躇《ちゅうちょ》している俺を見て、堪らずギレザムが俺に声をかけてきた。

「ラウル様、我がやります。このような惨《むご》い行為を、ラウル様のお手でやってはいけません」

「いや俺がやらなきゃいけない」

戦争。前世でも戦争では普通に行われてること。日本では起こり得ないことを、実際にいま自分がやっている。

「しかし！」

「いいんだ、ギレザム。これは俺の罪だ。俺が弱かったからこんなことになったんだ」

「ラウル様」

ゴーグとルピアたちも心配そうに俺を見ている。俺は一つのお願いをすることにした。

「アナミスすまない。俺の願いを聞いてくれるか？」

「なんなりとお申し付けください」

「彼らに、彼らに楽しかった頃の思い出の夢を、家族との思い出の夢を、愛した人々の夢を、見させてやってはくれないだろうか？」

「はい」

アナミスから赤紫色の霧がふうっ！　と吹きかけられ全員を包み込んだ。そこにいた者は膝をついたまま眠ったようだ。そしてうつろな目で寝言を言い始める。

「ああ、ポール王よ！　なんと立派なお姿に！　王になられたのですね！」

「お前は優しい子だね、いつも私に花を届けてくれて」

「あなた…まさか双子なんて！　あなたに似て凜々《りり》しいわ…」

「お父さん！　また一人で山にいってきたの？　お父さんの山遊びもほどほどにね」

「お前はおねえちゃんなんだから、ちゃんと妹の面倒をみておくれよ。優しいおまえは…」

「おばあちゃん。いつもやさしいおばあちゃん！　ずっと会いたかった…」

皆が幸せな夢を見ているようだった。本当に幸せそうな表情をして、満たされた雰囲気《ふんいき》に包まれていく。


俺は一人目の引き金を引いた。


「すまない」

パン！

そのまま前のめりに倒れて動かなくなった。

「わるかった」

パン！

二人目もそのまま静かに前に倒れて動かなくなる。

俺は、もう人間じゃない。俺は魔人国の国王の息子で、これが、俺が望んだ故郷を取り戻す戦いだ。非情の世界を生き延びる術《すべ》。ポールに言われて初めて自覚したのだ。散々敵兵を殺しておいて、今更ながら気がつく。

大粒の涙が頰《ほお》を伝い始めた。望まぬ指がまた引き金をひいた。

パン！

パン！

墓地に乾いた銃の音が鳴り響くのだった。


一夜が明けて陽が昇った。

シャーミリアとマキーナはファントムの補給作業を終えて、船底にあるヴァンパイアの寝床へと戻っていった。四千近い死体を吸収したファントムはさらにデカくなり、いつもどおり俺の側についてただ遠くを見つめて立っているだけだった。魔人の船にはシャーミリアとマキーナの寝床と、怪我《けが》をしているマズルを守らせるため、ティラとタピを護衛に残した。ダークエルフを一人見張りに立たせ、操舵《そうだ》ができる一人を船内に待機させていた。

「ファントム！　お前は正門に立て！　俺が共有したお前の目で安全確認をする！」

シュッ！

ファントムが消え、あっという間に米粒くらいの大きさになり見えなくなった。

「さて」

グラドラム都市の建物は巨大インフェルノで消え去り平地と化してしまった。俺は生き残った民のために、救護施設用のテントを召喚する必要があった。

まずは基地設備ＬＶ１のテントを召喚する。さらにテントから離れたところに基地設備ＬＶ

2の簡易トイレを八個召喚した。救助用の施設で自衛隊などが設置するタイプだった。

早急に対応せねば、疲弊《ひへい》してる人間が二次災害的に死ぬ、それだけでも防がないと。

ティラとタピとファントムを除く魔人全員と、ポールを含む無傷の人間の男たちが協力して全てのテントを設置した。その隣ではクルス神父が怪我人に回復魔法をかけている。救助活動をしている人間たちにはいったん中止するよう伝えた。このまま無理をして続ければ、生き残った民までが死んでしまう。現段階で生存が分かった民は百人にも満たなかった。

「ポール王、民にはもう休んでもらいます。王もあとは我々に任せてお休みください」

「私は責任があるのです。できるだけのことをせねば、死んだ民にあの世で顔向けができない」

「ならば、なおのこと、休んでください。これから先ポール王には、やっていただかねばならないことがたくさんあるのです。今しばらくは我々魔人に任せて下さい。隣国の王代理である私からの願いです」

「分かりました。では体を休ませ、万全を期して事に当たらせていただきましょう」

「ありがとうございます」

人間たちを休ませ、俺は戦闘糧食を召喚して与えることにした。

「マリア、ルフラ、アナミス！　こっちに来てくれ！」

病人の看病についていたマリアが俺のところに来る。以前イオナやマリアたちに食べさせて好評だった、戦闘糧食《レーション》を召喚して渡した。

「俺がこれをどんどん召喚していくから、三人でこのテントの中にきっちり積み込んでいってもらえるかな？」

「「かしこまりました」」

「缶と袋はまとめたほうがよろしいですか？」

ルフラとアナミスからは返事が、マリアからは質問が来た。

「そうだな、バラバラにしないで缶と袋を合わせて置いていってくれるか？」

「分かりました」

俺たちは二百食の戦闘糧食を召喚して積み上げ、配る準備をする。

「よし！　これをみんなに配るぞ」

「「「はい！」」」

すぐに無線機を使って魔人全員を呼び寄せた。ギレザム、ガザム、ゴーグ、スラガ、アナミス、ルフラ、ダラムバ、ルピア、ジーグと、九人のダークエルフが集まった。俺の隣にはマリアが立っている。みな黒い雨が乾いて真っ黒になっていたが、不平も言わず動いていた。

「よし！　みんな疲れていると思うが俺たちよりか弱い人間の怪我人と、疲弊している人を優先して休息させる必要がある！　栄養と水分が必要だ！　戦闘糧食をすべての人に渡してくれ！」

「「「はい！」」」

俺はＬＲＡＤスピーカーを召喚してドン！　と置いた。マイクに向かって話す。

「グラドラムの皆さん、必死の救助活動お疲れ様です！　休憩をとってください！　動ける方は食料を用意しましたので取りに来てください。動けない人の所へはこちらから食料を配ります。決してなくなりませんので安心してください。また怪我人は大型のテントへ搬送します。無傷や軽傷の方には個別テントを設置しました。全員入っていただけますのでご安心ください」

そろそろと動ける民があちこちから集まってくる。

「マリアは先に食べてくれ」

俺は傍《かたわ》らにいるマリアに声をかける。

「私もこのままお手伝いします！」

「だめだ。マリアに倒れられたら俺が困る。頼むから自分優先で動いてくれ！　魔人と歩調を合わせていたら参ってしまうぞ」

「分かりました」

マリアは手伝いたがっているが、俺たちと歩調を合わせて働けばダウンするのは確実だった。とにかく慈善《じぜん》の心が強いマリアには、自分中心に物事を考えてもらう必要がある。

そして俺は魔人たちに号令をかけた。

「食べ方の説明をしてあげてくれ！」

「「「分かりました」」」

「茫然自失《ぼうぜんじしつ》となって食べられない人もいるだろうから、水分か果物の缶詰だけでも食べさせてあげてくれ。食べられそうにない人には介助をしてほしい！」

「「「はい」」」

「では頼む」

ルフラとアナミスとルピアが食べられない人への介助にまわるらしい。男性の魔人たちが皆に食べ物を渡して回り、食べ方を説明するように作業分担していた。俺が具体的な指示を出さなくても自分の役割分担が分かっているらしかった。一通り食事を配り説明を終わらせて、男魔人が全員俺のところに戻ってきた。

「よし！　それでは人間が食事をして休んでるあいだに、怪我人の収容を急ぐ！　炎天下では人間の怪我人はすぐに死んでしまう。朝のうちにすべての怪我人を収容するぞ！」

俺は軍用のストレッチャーを数台召喚した。

「ダークエルフたちは副隊長のダラムバの指示で、怪我人を乗せて大型テントに運び込め」

「「はい」」

「これに乗せる際は怪我の状態を見てそっと乗せるんだ！」

「「はい」」

配下たちは二人一組になって散っていった。

「ギレザム、ガザム、ゴーグ、ジーグ、スラガは、引き続き人間の捜索を頼む。一人でも多くの人間を救いたい！」

「分かりました！」

男の魔人たちが散っていくと、今度はルピア、ルフラ、アナミスの女性魔人たちが、人間の食事の介助が終わり戻ってきた。

「お前たちには引き続き怪我人を頼みたい」

「はい」

「熱を持った人を一カ所に集めるから、ルフラは火傷《やけど》をした人の熱を和《やわ》らげてあげてほしい」

「かしこまりました」

スライムのルフラは軽い回復能力と、ひんやりと冷やす体を持っている。火傷を負っているものを布団のように包み込んで冷やしてもらうことにする。

「アナミスは、精神が持たなかった者に夢を見させてくれないか？」

「分かりました」

「怪我人を搬送して来次第、順次対応してほしい」

「「はい」」

そこに、回復作業を行っていたクルス神父がやってきた。

「あの、ラウル様申し訳ありません。私は魔力が切れてしまいました」

「ならば、眠る前にぜひ私が出した食料を食べてから、すぐにお眠りになってください」

「分かりました」

俺はクルス神父をテントに連れていき、そこで戦闘糧食を召喚して食べ方を教えた。

「これは神の御業でしょうか？　このような魔法は見たことがございません」

「俺の魔法だけ特殊らしくて」

「素晴らしいお力です。人を救う力だと思います」

そのときジーグから通信が入った。

「ラウル様！　洞窟《どうくつ》に逃げていた人々がおりました！　その数およそ七十名」

「おお！　本当か！　すぐに向かう！」

「はい、スラガと一緒に救助しております」

俺はひとまずポール王に報告をする。

「ポール王！　生存者が約七十名！　洞窟に逃げて無事だそうです！」

「本当ですか!?　おおお。神よ！　ありがとうございます！」

「私と部下で連れてまいります！」

「お願いします！」

切り立った岩壁の奥にある洞窟は、インフェルノの影響を受けなかったようだ。もし洞窟が町の正面にあったなら、インフェルノで酸素がなくなって死んでいただろう。不幸中の幸いということかもしれない。

俺が洞窟方面に向かおうとした時。今度はギレザムから通信が入った。

「ラウル様！　海に生存者がいました！」

「海に？」

「はい、あの炎が届く直前に海に飛び込んで難を逃れたみたいです」

「いまのいままで海にいたのか？」

「はは！　ラウル様！　それがなんとペンタです。ペンタが人間を乗せて海に浮かんでいます」

俺が使役《しえき》するシーサーペントのペンタが、海に飛び込んだ民を助けてくれたようだった。

俺とライカンのジーグとスプリガンのスラガが、洞窟で助かった約七十名の人を連れて、テント村まで戻ると、海で助けられた民もすでに戦闘糧食で食事をしていた。

「もっと戦闘糧食を用意する！　みんな取りに来てくれ！　渡っていない人に配るんだ！」

「「「は！」」」

手の空《あ》いている魔人がやってきて戦闘糧食を運んでいった。そこに、あらかた病人を収容したダラムバとのダークエルフたちも戻ってくる。

「ラウル様！　病人の収容が終わりました！」

「よし！　それじゃあ休みなしで働かせて悪いんだが、お前たちとスラガで船から輸入の物資を運び込む。それを倉庫用のテントに入れてほしい！」

「「「分かりました！」」」

ダークエルフたちとスラガは船の方へと向かっていった。すると、俺の元にポール邸で助けたユークリットの少女で、元貴族だというカトリーヌが来た。

「あの、ラウル様。よろしいでしょうか？」

「どうした？」

「私は回復魔法が使えます」

「回復魔法が？　本当か？」

「はい！」

なんとカトリーヌが回復魔法を使えると言ってきた。

それなら少しは助かるぞ！　クルス神父が寝ている間でも助けてもらえればありがたい。

「分かった、それじゃあ回復魔法をしてもらおうか」

「あの、怪我人《けがにん》を全員集めた所に連れていってくださいませんか？」

「ああ、そのつもりだよ。大型のテントに入れるからそこに行ってくれ」

「分かりました」

ユークリットの貴族で回復魔法が使えるのか。どんな幼少期だったんだろう？

俺は彼女を連れて怪我人を収容するテントに足を運んだ。中に入ってみると状況は想像以上にひどい。火傷をおった者が多かったが、あとは転んで腕を折ってしまったり、岩壁で体を切ってしまった者もいた。正直なところ薬も何もかも燃えてしまったため、全員を助けることはできないかもしれなかった。

全身大火傷を負った者は、おそらくはだめだろうな。せめて軽傷の人だけでも。

布が足りていないため、包帯で傷口を隠すことができないでいた。しかしクルス神父の回復魔法で治癒《ちゆ》した者を、ルフラが冷やすことで、火傷した皮膚《ひふ》の痛みを和らげることができている。アナミスの夢を麻酔代わりにして眠っている者もいた。だが治療施設が無ければどうすることもできない。

「ルピア！　治療できるやつを連れてきた！　ルフラとアナミスも治療を止めてくれるか？」

「「「はい」」」

俺はカトリーヌに治療をするように促す。

「じゃあカトリーヌ、治癒できるか？」

「ラウル様、それでは回復魔法をかけます」

「誰からやるんだ？」

「えっ？　誰からとは？」

「いやカトリーヌ、治る可能性のある人からやるべきだろう？」

「治る可能性がある人ですか？」

「ああそうだ。街が燃えてしまったため薬品も無い、残念ながら治療する施設も無いんだよ。生き延びられる確率の高い人から治せば、より多くの人が助かるだろう。したくはないが命の選択をしなければならない時なんだ」

シビアだが俺はカトリーヌに本当のことを伝えた。病人たちもその場で聞いているのだが一刻を争う。どこか聞こえないところで悠長《ゆうちょう》に誰を救うのかを相談している暇はなかった。

「あの、ラウル様」

「決まったか？」

「はい、全員を」

「なっ！　俺の話を！」

俺の話を遮《さえぎ》るように、カトリーヌの手と手の間から光が漏《も》れ始めた。

シュワァァァァァァァ

カトリーヌから四方に光が漏れだす。三つ編みの髪留めが切れてしまい、彼女の髪の毛がふわりと浮き始めた。温かい安らぐような風がそよいでいる。次の瞬間カトリーヌが叫ぶ！

「ゾーンキュアブレス！」

シュピィイイイン

まばゆいばかりの光が、テント内に広がり急激に膨張《ぼうちょう》した。長いストロボ光がひかり続けるようだった。俺は思わず目を閉じて彼女を見ることをやめてしまったほどだ。テントから強烈に漏れ出す光に、魔人たちが緊急性を感じ武器を持って飛んできた。

「ラウル様！」

ギレザムの声だ。

「大丈夫ですか！」

ゴーグが叫ぶ。

「いかがなさいました！」

ジーグが慌てて駆け寄ってきた。

「あ、ああ！　大丈夫だ！　みんな武器を下ろせ！　問題ない」

俺は全員に武器を下ろさせた。光が収まってあたりに静けさが戻る。

「あのラウル様。治療が終わりました」

「治療が終わった？　誰の？」

「えっと、全員のです」

「全員の？」

「はい、女性魔人様の小さい怪我も治っていると思います」

えーっと。これは？

俺は何が起きたのか掌握《しょうあく》できないでいると、横になって死にかけていた人たちが起きだした。

「えっ？」

全員の傷が消えている。火傷や曲がった腕が、裂けた腹の傷が…なくなっている。

「ラウル様、ありがとうございます」「ぉぉぉぉ、なんという！　奇跡」「あ、目が目が見える！」「立てる！　自分の足で！」「死なずに済んだんだ！」

一瞬で全員が回復していた。

「カトリーヌ。えっと…ありがとう！　凄《すご》い！　奇跡だ！」

俺は興奮してカトリーヌの肩をバンバン叩いていた。

「い、いえ。みんなが助かってよかったです！」

カトリーヌはニッコリ笑って微笑《ほほえ》み返してきた。

ん？　この笑顔どっかで見たことあるような？　黒く汚れているけどよく見りゃ美人だ。

「とにかく魔力がなくなってしまったろう？　カトリーヌ！　休んでいいぞ！」

「いえ、次のテントにも怪我人はいますので大丈夫です」

「いや無理することはない。他のテントの怪我人はこのテントより比較的軽傷だ。治療は必要だと思うが、魔力枯渇《こかつ》でカトリーヌが失神してしまう」

「あの、まだ魔力は余裕がございます」

そうなのか？　こんなに大きな魔法を使って？　俺もたいがい魔力は多いと思うが、それは俺が半分は元始《げんし》の魔人だからだ。この子はただの人間だろう？　グラムに聞いた、王宮魔導士並みの魔力でもあるってのか？

カトリーヌはすたすたとテントを出て次のテントに入っていった。俺もそれについていく。

「では、治療を行います」

「は、はい」

シュワァァァァァァァ
またカトリーヌから四方に光が漏れだした。髪の毛がフワリと浮かび上がってくる。

「ゾーンキュアブレス！」

「おお！　傷が治っている！」「折れた指が動く！」「火傷が消えた！」

またも一瞬で傷が癒《い》えていく。

「カトリーヌ。まだ魔力は大丈夫なのか？」

「ええ、少し疲れましたけど、軽い傷ならまだまだ治すことができます」

「いや、もういい！　とりあえずカトリーヌも休んでくれ！　食事はとったのか？」

「いただきました。不思議な食べ物でしたね、鉄の塊《かたまり》を開けたら中に魚がはいってました」

自衛隊の戦闘糧食のマグロ缶のことだ。

「どうだった？」

「おいしかったです」

「それはよかった。とりあえず個別テントで休んでいてほしいんだが」

一度きっちり休んでもらって、万全の態勢でまた治療してもらえれば全員が助かる。

「あの、もしいまラウル様にお時間があるのならば、お話ししたいことがあるのですが？」

「話？」

「はい、できれば二人きりで」

すると後ろからギレザムがいぶかしそうに言う。

「ダメです！　ラウル様に何かあってはいけない。誰かが立ち会うようにしてください」

それもそうだな。俺は魔人国の国王代理だ、誰かが側にいなければいけないのは当然だ。

「カトリーヌ、同席者がいても良いか？」

「ええ、かまいません。できればラウル様に近しい者であると助かります」

「分かった」

「マリアを呼んできてくれ。ギレザムも同席してくれるか？」

「分かりました」

怪我人《けがにん》の様子を見ていると、ギレザムに連れられてマリアがやってくる。

「よし、マリア。寝ているところすまなかった。ギレザムと一緒に来てくれ」

俺、ギレザム、マリア、カトリーヌがテント村を離れ、正門の方へ歩いて距離をとる。だいぶ遠くまで歩いてきたので俺が立ち止まると、皆が俺の周りに集まった。

「よし、カトリーヌこれでいいか？」

「はい」

「話ってなんだ？」

「はい」

　カトリーヌは緊張しているのか、少し震えているように見えた。

「実はラウル様が、バルギウスの使用人たちにあの毒を食べろとおっしゃった時、私は自ら食べようと決めてラウル様の目を見ていたのです」

「俺の目を見て？」

　そういえば、誰を選ぼうか迷っていた時に、なぜかこの目に引き寄せられて指名した。

「私が食べれば、あの企《たくら》みがバレて、他の者は許されるのではないかと思いました。そしたらラウル様は私を一番に選んでくださいました」

「毒が入っているのを知っていたのか？」

「はい。当然、私もキッチンにもいましたから」

　そうか、カトリーヌだけが知らないというわけはないか。

「それなのに、率先《そっせん》して食べようと思ったのか？」

「はい。でも、怖かったのです」

　ポロポロと涙を流し始めた。

「ラウル様が逃げろと言ってくださって、私は皆を見捨てて逃げてしまったのです」

「普通は逃げるだろ？」

「私は皆を見捨てたのです」

「バルギウスの使用人を助けたかったと？」

「国は関係ありません。ただ一緒にグラドラムまで来た仲間でした。その人たちがただ殺されるのを見ているわけにはいきませんでした」

「分かった。それで俺にどうしろと？」

もう過ぎたことだ。結局すべての人は助からなかったのだからどうすることもできない。

「私がグラドラム行きの使用人に紛《まぎ》れ込まされる時に、言われたことがあるのです。お前は人を助けるのだと、私にはその使命があると恩師に言われました」

「人を助けろ…か」

「それがあの時だと思ったのです。恩師の言いつけを守る時なのだと」

「そうだったのか。その恩師という人はそれを想定していた？」

「いえサウエルさまは、私の恩師は…」

ん？　今さらりと聞き逃しそうになったが、俺はもう一度聞き直した。

「ちょっとまて！　いまなんと言った？」

記憶に何か引っかかるものがあった。なんだ？　俺は何にひっかかっているんだ？

「恩師の言いつけを守る時だと」

「違う、その後言った名前をもう一度」

「サウエル様です。サウエル・モーリス様」

心を撃ち抜かれた…心にズドンと響いた！　まさか…

「モーリス先生は生きているのか!?」

「はい、私が使用人に紛れ込まされるまでは、お元気でした」

「先生は、どこにいるんだ!?」

「ユークリット王国の西側に潜むように暮らしているかと思われます」

「モーリス先生が…」

「あのラウル様？　お知り合いなのですか？」

俺とマリアは顔を見合わせて驚いていた。

モーリス先生が生きている!?　しかも先生がこの子を差し向けて、人を守るように言ったということは？　俺たちが生きていることに気が付いている？

「モーリス先生から！　なんて言われた？」

「先生からは魔人の国の王に会ったら、自分の名前を名乗れと」

「カトリーヌの名前？　お前の全ての名前を教えてくれるか？」

「はい、カトリーヌ・レーナ・ナスタリアです」

マリアがストンとその場にへたり込んで泣き出した。

「あ、あ、あ、あ!!」

そして俺も衝撃を受けていた。

なんということだ。モーリス先生が生きていて俺たちに差し向けたこの子は、ナスタリアの名を持つ女の子。先生はこの子をバルギウスの使用人として送り込んだんじゃない！　俺たちのことを知って、保護してもらうために送り込んだんだ！

「そんな」

「あのラウル様、どういたしました？」

カトリーヌは俺たちが驚いているのを、キョトンとした可愛《かわい》い目で見ていた。

「カトリーヌは、イオナ・フォレストを知っているか？」

「はい。私の叔母《おば》です」

やはり、この子は母さんの姪《めい》っ子。俺のいとこだった。俺はすんでのところで母さんの姪に毒を食わせるところだったのだ。俺もマリアと同じように、その場にへたり込んでしまった。

そして俺の目からも、大粒の涙がポロポロと零《こぼ》れ落ちていた。

「カトリーヌ！　ごめんな！　ごめんな！　生きててくれてありがとうな!!」

俺はカトリーヌのスカートにしがみついて泣いた。俺は知らずに、いとこに毒を食らわせて殺すところだった。カトリーヌはきょとんとしながらも、俺がしがみついて泣くのを黙って見つめていた。しばらくは時が止まってしまったように、みんなその場に固まっていた。

今度は俺がカトリーヌに自分の名前を告げる。

「カトリーヌ、俺はグラム・フォレストとイオナ・フォレストの息子で、長男のラウル・フォレストだ」

「えっ！　そんな！」

「君のいとこだ！」

「い…生きて！　うぅ、うわあぁぁぁん。うぁっぁぁぁ！」

今度はカトリーヌが、その場に泣き崩れ落ちてしまった。それはそうだ一族が滅ぼされ国が占領され、貴族から落ちて身を隠して生きてきたのだ。それがやっと自分の一族の生存を知り、耐え忍んできたものが決壊し号泣していた。その横からマリアがカトリーヌに話しかける。

「カトリーヌ様、私はイオナ様の従者でマリア・サナルと申します。あなた様がまだ小さかったころにお会いしたことがあるのですよ。すぐに気が付かずに申し訳ございませんでした。間違いなくカトリーヌ様です！」

「いいえ。私も大きくなりましたから、でも叔母様は？　どこに？」

「ああ、母さんは無事に魔人国で来賓《らいひん》として暮らしているよ」

「よかった！　生きていた！　よかった！」

またカトリーヌの大きな目から、ポロポロと涙の粒が溢《あふ》れ落ちていた。

「生きててくれてありがとう。これからは俺たちが守る！　もう怯《おび》えて暮らさなくていいんだ」

「はい！」

「モーリス先生にもなんとお礼を言ったらいいか分からないな」

「モーリス先生は相変わらずですよ」

ニコっと笑って教えてくれた。やはりカトリーヌはイオナにどことなく似ている。俺がこの顔にひっかかったのは、イオナの面影《おもかげ》を見たからだった。いまさらながらに気が付いた。

「でも、よくバルギウスの使用人に潜り込めたね」

「協力者?」

「はい。先生が言うには、世界のあちこちに反ファートリア・バルギウスの人たちがいるようなんです。私を潜り込ませてくださったのはファートリアの聖女様でした。名前は明かせないと言われましたが、人々を解放するために活動している方でした。とても綺麗《きれい》な方でしたよ」

そうか敵国といえど、このバカげた侵略に反発している人もいるんだな。

「世界にはもっとそういう人がいるんだろうか?」

「はい、モーリス先生もその一人です」

「モーリス先生もか」

「はい」

世界の全てが俺たちの敵というわけではないんだな。これはだいぶ大きな収穫だった。これからの作戦の立て方に大きく影響する情報となりそうだ。

「本当に生きてくれてありがとう」

「ラウル様、叔母様を守ってくださってありがとうございます」

「まあ、母親を守るのは当然だよ」

「はい。ただラウル様はもっと小さかったはずですが?　まだ十二歳ではなかったですか?」

「ちょっといろいろあってね。成長しちゃったんだよ」

そうだよな俺は十二歳だ、自分より大きい俺を見たら疑問に思うよな。

「びっくりしちゃいますよね。ラウル様は戦うたびに強く大きくなられて、私も驚きの連続なんですよ。一緒にいれば、これからカトリーヌ様も驚くことがたくさんあると思います！」

マリアがカトリーヌに嬉しそうに話す。カトリーヌにも笑顔が戻ってきた。

「私もかすかにマリアさんの記憶があります！　私が小さかったころ王都で見かけたことがありますが、マリアさんもずいぶん雰囲気《ふんいき》が変わったようです」

「私もラウル様と幾多の戦いを切り抜けてきましたので、少し表情が険しくなってしまったのかもしれません。でも私の心は昔のままですよ」

二人の距離が少しずつ近づいていく、お互い身分は違えどもどちらもユークリット出身者だ。意気投合するのも時間の問題だろうと思う。今度は俺がカトリーヌに聞きたいことがあった。

「それにしてもカトリーヌ。君は凄《すご》い魔法を使うんだね？」

「モーリス先生に学び、王宮魔導士団の試験を受ける予定だったんです。しかしあの戦争が起きてしまって、結局は入れずじまいでした。モーリス先生は合格すれば、間違いなくかなり活躍できると言ってくださっていたのですが」

「カトリーヌ。俺もモーリス先生から学んだんだよ！」

「そうなのですね！」

「王宮魔導士団はどうなったんだろう？」

「皆殺しにあいました」

「やはりそうか」

カトリーヌは本当に強運なのだろう、女神の加護でもあるのかもしれない。もし王宮魔導士団に所属していたら間違いなく殺されていた。

「とにかく良かった。まずはテントで休息をとってほしいんだ。マリアと一緒のテントが良いんじゃないか？　話は体を休めてからにしよう」

「マリアさん、よろしいですか？」

「喜んで！」

話が終わって魔人全員がテント村に戻ってきた。気づけば太陽は真上に来ている。

「だいぶ暑くなってきたな。人間には休んでもらおう」

ＬＲＡＤスピーカーのマイクを使って、俺は人間たちに完全に休むように伝える。

「皆さん！　食事にはビッグホーンディアの干し肉がつきます。今日は作業をやめて下さい。炎天下での作業は危険です。テントの日陰に入ってじっとしていてください。これはお願いではありません！　強制です。すみませんがこれを破ることを禁じます」

人々がそれぞれのテントに入り日陰で横になったり、座って下を向いたりぐったりしていた。やはり人間はこのあたりが限界だろう。俺は魔人全員を呼び寄せる。

「皆さんに食事を配ってくれ。そしてお前たちもいったん食事をとることにする。ビッグホーンディアの干し肉とスープになるが、後は俺が出すハンバーグ缶とソーセージ缶だ」

「まってました！」

ハンバーグ缶が大好きなゴーグがニコニコしながら言う。

「それじゃ食料を召喚するから順次人間に配ってくれ」

「「「は！」」」

配り終えて魔人全員が戻ってきた。目の前には召喚した戦闘糧食がある。

「よし！　俺たちも食おう！」

「あの私は必要ございません」

ルフラが必要ないという。

「えっとルフラどうして？」

「えと、戦闘中に敵兵を少々」

「分かった」

「はい」

「よし！　じゃ他の皆で食おう！」

するとアナミスも声をはさむ。

「あの、私も必要ありません」

「アナミスも？　どうしてだ？」

「昨日の戦闘で人間の精を吸い尽くしました」

「そういえばそうだったな」

ハンバーグ
ハンバーグ
ハン

確かにアナミスにはそんな許可出してたな。お腹いっぱいだったか。

「じゃあ俺が代わりに食べるよ」

「私も欲しいです」

ゴーグとジーグが腹ペコのようだ。

「ああ、それなら俺が死ぬほどだしてやるから遠慮《えんりょ》するな」

「「ありがとうございます！」」

「それじゃあ受け取ったやつから食べてくれていいぞ！」

「「「はい！」」」

ようやく魔人たちの食事が始まった。しかしほとんど眠らず食べてもいないのに消耗《しょうもう》している気配がない。俺は食事をとりながら魔人たちとミーティングをする。

「これからグラドラムの復興支援のため行動していく。人間たちだけでは、復興できないほどのダメージを負ってしまった。民に必要な物は水と住居だ、食料はしばらく俺がなんとかするが、ペンタにもお願いして魚を獲ってきてもらおうと思っている。あとは森の魔獣、動物、木の実、果物を採取しよう。森は丸腰の人間では自殺行為だ、俺たちがなんとかするしかない」

「「「はい」」」

「あとは水源だが、これはこの土地に詳しいポール王に聞いて確保する。そして住居だが、森の木を伐りだしてグラドラム都市内に運び込み、住居を造ろうと思う。しかしこれは魔人国からドワーフを連れてくる必要がある。一度船で国に戻る検討《けんとう》せねばならないが、俺はこの地を離れることはできない。俺が書簡をしたためるのでそれを届けてもらう必要がある」

「「「はい」」」

　そして俺はポールのテントに向かった。

　テントの中のポールは寝ておらず、胸の前に手を組み、祈り捧げていた。

「ポール王、少しは休まないと参ってしまいますよ」

「分かってはいるのですが、どうしても眠れないのですよ。昨日までいた民が大勢いなくなってしまった。その叫び声や泣き声が耳から離れんのです。あんなに大勢の民を殺してしまったのは私なのです。部下も使用人も全て私が殺した。その罪をどうやって償えばよいのか、生きていてよいのかさえ迷っておりました」

　ほんの十数時間前までいた民がいなくなってしまったのだ、気持ちの整理などつくわけもなかった。おそらく生き残った人々も家族を失ってしまった悲しみに、生きる気力を失くしてしまっただろう。ほとんどの人間が失意の底にあると考えて間違いない。これから人間たちの心のケアも念頭に入れながら復興しなければならないのだ。

「今はそれも仕方のないことだと思います。私たちが生き残った人間のために動きます。復興のお手伝いをさせてください。我々はこれから強大な敵と戦わねばなりません。そして私にはその力があります。可能であればここを魔人の拠点とすることをお許しくださいませんか？」

「それは願ってもない、もともとガルドジン様とも良い関係性を保っておりました。ただ我々にはそれに応える、いやお返しするものが何もないのです。魔人国に利点がないのでは？」

「それなら問題ありません。土地を貸してください、グラドラム都市のすぐ隣に私たち魔人国の領土を分けてください。海を越えてこの地に我々の拠点を築こうと思っているのです」

「それは願ってもない。ラウル様魔人たちのお力添えがあれば復興も早いでしょう。何卒《なにとぞ》我々にも協力させていただきたく思います」

その話が終わるころに、クルス神父がやってきた。

「クルス神父、お疲れのところ申し訳ございません。これから解放するであろう、ラシュタルとシュラーデンについてのお話をしたい」

「解放？　ですか？」

「はい。私たちは魔人国から、世界の全てを解放するために来たのですから」

「なんという壮大な。しかしあなた様の、神の如きお力をもってすれば叶うやもしれません」

「必ず成し遂《と》げられると確信しています」

「そうですか。では、私にもぜひ協力させてください」

「こちらこそよろしくお願いいたします」

クルス神父が力強く俺の手を握りしめてきた。

「フフッ。これは私も落ち込んでなどいられませぬな。何卒私も協力させていただきたい！」

ポールが俺の空《あ》いている方の手を握りしめる。

「クルス神父。ラシュタルに王族も貴族もいなくなってしまったいま、国を奪還した後はあなたに王の座に座ってもらわねばなりませんが、異議はございますか？」

俺がクルス神父に尋ねる。

「私が王に？　いやいや！　それは難しい！　私は王の器《うつわ》などではございませぬ！」

「国民をまとめる人がいないと、国として再興するにしても問題がある。暫定《ざんてい》でもいいからお願いしたい」

「王にふさわしい人間が現れるまでの繋《つな》ぎの間だけなら」

「それでもかまいません」

「我々はどうしても領土を拡大していく必要があります。いきなり敵の真っただ中に突撃するわけにもいきませんので、そのためにお二人の協力をお願いします」

「分かりました」

「喜んで協力いたします」

ポール王とクルス神父が俺に賛同してくれた。

「最初に攻略するのはラシュタル王国とファートリア神聖国とグラドラムの中継地点にある、分岐の町ルタンです。ここを最初の攻略地点といたします」

「なるほど」

「中継地点を抑えるわけですね」

「はい。行動するのはまだ先ですが。まずはこの街を復興させます」

「ではまず水の確保ですな」

ポールから水についての話が出てきた。

「あてはありますか？」

「はい。グラドラム墓地を、さらに東に進んでいくと山脈にぶつかるのですが、その麓《ふもと》に森がありその奥に湖があります。魔獣が生息しておりますので手付かずではございますが、魔人様たちのお力があれば魔獣を退けることができるのではないかと」

「なるほど、魔獣を抑えつつ水路を作ろうという考えですか？」

「その通りでございます。幸い二百名以上の人間が生き残りました。彼らにも水路を切り開く工事をしてもらいます。さすればこの都市内で農業を始めることができます」

「分かりました。それでは我々も工事を手伝い護衛をいたしましょう」

「助かります。次は飲み水に関してでございます。グラドラムが焦土と化して隠れてしまったのですが、あちらこちらに井戸があります。井戸の捜索作業のお手伝いもお願いしたい」

「ああ、それならゴーグとジーグが適任です。あいつらは鼻が利《き》くんです」

「よろしくお願いいたします」

ポールからライフラインの確保についての提案があった。むしろこちらが聞く前にいろいろと考えていてくれたようだ。

やはりこの人は、王なのだ。

「あのそれでは私からも」

クルス神父が話し出す。

「治療施設と薬品が足りていません」

「はい」

「森に薬草を採りに入りたいのですが、魔獣の森に入ったら瞬間で殺されてしまいます」

「それの護衛ですね？」

「その通りです」

「それでは薬品を作る施設も最重要項目としてあげましょう」

「ありがたいです」

「薬草を採りに行くついでに魔獣や果物を獲りますので一石二鳥です」

現状動くべきことは三人で話し合って決めた。

「それでは早速行動に移りましょう。この三人の絆《きずな》が未来永劫《みらいえいごう》続きますように」

「ありがとうございます」

「未来永劫続きますように」

三国の初めてのトップ会談が終わった。

エピローグ

俺たちはグラドラムに腰を落ち着かせ、復興のために働き始めた。魔人国と違いここには豊富な資源がある。食べられる魔獣も多く、魔人たちの力で食料を確保するのは容易《たやす》かった。

「この拠点を復興させれば、俺たちは大陸進出の足掛かりができる」

「その通りでございます。ご主人様のお力があれば大陸を取り返すことなど容易いことかと」

いつもながらシャーミリアは俺を贔屓目《ひいきめ》に見てくれている。だが俺は自分の力を過信しすぎないようにしている。敵にはどんなやつがいるかも分からない、ましてやこの大陸の魔獣の存在も全て分かっているわけではない。障壁になるのは何も、敵国の人間だけとは限らないのだ。

「我もその様に思います。ラウル様のお力で我らは更に強くなることができました」

ギレザムも自信満々に話す。この二人は俺の腹心としての立場を確立させた。俺もこの二人になら、安心して仕事を任せることができていた。これから大陸を攻めるにあたり、ブレーンは一人でも多い方がいい。魔人の能力を高めるためにも、この二人の力は必要不可欠だった。

「それにしても、母君の血族が生きていらっしゃったことは朗報にございます」

「ああ、シャーミリア。もうちょっとで自分の従妹《いとこ》を殺すところだったけどな、彼女が生き延

びていてくれたことは本当に嬉しいんだ」

「ご主人様のお気持ちは痛いほど理解ができます」

「もちろん俺は魔人のお前たちも大事だがな」

「ああ…ありがとうございます。なんというお優しいお言葉でしょう」

「そうですね。我らは素晴らしい主を得ました」

三人で話をしていると、噂《うわさ》のカトリーヌがやってきた。

「ラウル様。お食事の用意ができました」

「ありがとう。元は貴族なのに料理ができるなんてな」

「使用人に身をやつしていた時に、覚えましたから」

「偉いよ」

シャーミリアもギレザムも、これ以上ない優しい目でカトリーヌを見ていた。俺の従妹というだけで、カトリーヌは尊敬されてしまっているらしい。元はかなり身分の高い貴族で、ユークリットにいたなら俺は彼女よりも身分は低かった。そんな地位を感じさせない彼女のふるまいは、とても好感度が高く、皆がカトリーヌを信頼していた。

「ささ、ラウル様！　料理が冷めてしまいますよ！　早くまいりましょう」

カトリーヌは最初に出会った時よりも生き生きしていた。ユークリット王国の有力な貴族が生きてたという事実は、これから大陸に進出する俺たちに大きな希望をもたらした。

俺はカトリーヌに手をひかれ、皆の元へと歩き出すのだった。

# あとがき

皆様、お久しぶりです！　緑豆空《みどりまめそら》です。とうとう第二巻を出版することとなりました！この本を手に取っていただき誠にありがとうございます！　緑豆は幸せでございます！銃弾魔王子のラウル君と共に喜びを噛《か》みしめております！

さて、唐突《とうとつ》ではございますが、皆さんはどのような趣味をおもちですか？

私は最近、トレーディングカードゲームに興味を持ち始めました。もともと流行《はや》りに疎《うと》い私が、詳しくも無いのにトレーディングカード専門店に行っては、じーっと眺めています。いいなあ…と思いながら見てるだけ。でもそうしているうちに願望が生まれてきました。銃弾魔王子のキャラたちが、トレーディングカードになったら嬉しいなって。自分の好きなキャラで能力も知っている彼らなら、もっと感情移入できるんじゃないかと。まずカードゲームにならないといけない訳ですが、もちろん大人の事情が絡むことなので、今はただ私の妄想です。

ですが読者の皆様！　赤嶺直樹《あかみねなおき》先生がデザインしたラウルやシャーミリア、マリア、ギレザム、ガザム、ゴーグ、ルゼミア、ファントム、イオナがカードになったら欲しくありませんか？　私は欲しい！　一巻で死んでしまったグルイスペイントスなんて、あんなにカッコいいのにもったいない！　あれ絶対レアカードです！　皆様、何卒《なにとぞ》実現の為に応援お願いします！

とにかく！　トレーディングカードゲーム『銃弾魔王子の異世界攻略』で私は最強の称号を手に入れるわけです。もちろん全て私の妄想です。私は脳内でシャーミリア・ミストロードのカードを何枚もコレクションするのです。ギレザム、ガザム、ゴーグのスペシャルカードも。

うへへへ。

私の壮大な妄想はこのあたりにします。

最後に、第二巻に尽力いただいた皆様、私のカードゲーム妄想を掻《か》き立ててくださった赤嶺直樹先生、そしてこの本を買っていただいた読者様に感謝の気持ちでいっぱいです！

今後とも何卒お付き合いいただけますよう、よろしくお願いいたします！

２０２３年７月

緑豆空

ダッシュエックス文庫

# 銃弾魔王子の異世界攻略2
—魔王軍なのに現代兵器を召喚して圧倒的に戦ってもいいですか—

緑豆空

2023年7月30日　第1刷発行

★定価はカバーに表示してあります

発行者　瓶子吉久
発行所　株式会社　集英社
〒101-8050　東京都千代田区一ツ橋2-5-10
03(3230)6229(編集)
03(3230)6393(販売／書店専用)　03(3230)6080(読者係)
印刷所　大日本印刷株式会社



ISBN978-4-08-631514-2 C0193